MARGUERITE BOLDUC

La Grand-Rue

roman

©Marguerite Bolduc

La Plume d'Oie Édition

Droit d'auteur n° 45671

Dépôt légal – Bibliothèque nationale du Québec, 1997
Dépôt légal – Bibliothèque nationale du Canada, 1997

ISBN : 2-922183-02-5

Illustration de la page couverture : oeuvre de Renée Bolduc
Traitement de texte : Michelle Bolduc

Conception et mise en pages :

La Plume d'Oie
ÉDITION CONCEPT

153A, des Pionniers Ouest
Cap-Saint-Ignace
(Québec) G0R 1H0
Tél. et télécop. : 418-246-3643

À la mémoire de mon époux, René, pionnier, mineur, routier, chef d'entreprise. À la ville de Malartic où j'ai passé la majeure partie de ma vie. Les années laborieuses dans le secteur routier m'ont façonné une expérience enrichissante au fil des ans. Je lui en suis très reconnaissante.

Aujourd'hui, à l'automne de ma vie, je constate que le travail et le courage furent les instruments les plus efficaces de ma réussite.

Pour moi, *La Grand-Rue* dessine dans ce livre comme une lignée d'événements dramatiques, inoubliables ; véridiques... peut-être !

DU MÊME AUTEUR :

Collectif   *Nouvelles du Nord* (1990)
            Éditions d'Ici et d'Ailleurs

Collectif   *Gens d'Ici* (1992)
            Éditions d'Ici et d'Ailleurs

Nouvelles   *Les jours ne comptent plus* (1994)
            Éditions du Savoir

REMERCIEMENTS

À ma fille Michelle, pour sa compréhension, sa patience et son encouragement. Les heures solitaires de l'écriture sont parfois ingrates, sa présence les a rendues moins pénibles. Mille fois merci!

PRÉFACE

Puisque le passé s'éloigne mais ne nous quitte jamais définitivement, il en reste toujours une profonde nostalgie resurgissant à la lueur des souvenirs dans un plein épanouissement ayant atteint son apogée de grandeur.

Ce livre nous démontre l'immense amour d'une famille unie, le tourbillon d'une existence, parfois heureuse, parfois malheureuse, toujours maîtrisée cependant, de façon grandiose, avec jugement et circonspection.

Marguerite nous parle avec émotion d'une époque révolue, à la fois captivante et extraordinaire. Ayant développé une grande maturité d'esprit, parvenue à l'âge de la sagesse, cette grande Dame nous fait partager les souvenances de sa jeunesse. Pour clore en beauté les exploits inscrits à son palmarès, une carrière d'auteure s'y ajoute.

Connaissant le beau talent de Marguerite, à titre d'auteure, je vous incite cordialement à lire ce petit chef-d'œuvre dévoilant quelques bribes de vie reliées à des personnages bien sympathiques.

Laure Ouelle, *auteure*

Notre-Dame-du-Nord, Témiscamingue.

PROLOGUE

*L*A route traverse un débouché de la forêt. Soudain, elle s'élargit sur environ trois kilomètres. Des deux côtés, des bâtisses d'un style dépassé se tassent les unes contre les autres. Puis, comme un ruban magnétique, elle reprend le tissage qui la relie aux autres points de repère de la région abitibienne.

Les années 40 sont très prospères. Une ville minière où les habitants fourmillent d'activités. Des gens œuvrent dans tous les domaines, même si ces différents métiers ne leur conviennent pas. Nuit et jour, ils combattent le temps afin de développer cet endroit inexploité.

L'artère principale devient la voie essentielle. Une ambiance énergique règne partout. Les principaux locaux y prennent place. On y retrouve des bâtiments distincts : l'église, l'école, le bureau de poste, un cinéma et plusieurs hôtels.

Sans plus détailler, la route n'est plus un chemin improvisé, difficile à arpenter. Elle devient une ligne commerciale surnommée : *La Grand-Rue.*

La rue paraît énorme. Large et attirante, elle donne l'impression d'appartenir à tout le monde. À première vue, elle nous rappelle une ville de l'Ouest canadien, le genre de vie qui développe la rudesse et l'esprit coriace des premiers arrivants.

C'est un coin de province oublié mais relativement exigeant, un endroit solitaire qui ne pardonne pas les fantaisies ; bref, un lieu qui apporte à la région une nouveauté colossale : le terrain minier.

L'étoile du nord y brille certains soirs. Des nuages épars se profilent dans un firmament embrouillé. Plus bas, sous terre, un filet énigmatique sillonne les courants d'or, incitant les mineurs à la tâche. Leurs efforts sont surhumains. Des familles affluent, désertant les villages paisibles et les villes fourmillant de chômeurs. La confiance persévère dans leur cœur. Les gens s'abandonnent à des rêves sans limites. Ils s'exilent en pensant au clocher qu'ils délaissent volontairement.

L'immense territoire les attend. Cruelle et sans excuse, l'Abitibi les accepte généreusement. Ces gens-là se ruent dans les bas-fonds des mines. Dans leur for intérieur, ils espèrent une vie agréable pour leur famille et une dignité pour eux-mêmes. *La Grand-Rue* se prépare à les recevoir. Elle indique que la vie n'est pas facile, mais elle leur souligne un brin d'espoir. Une famille a choisi de s'y établir. Chaque immeuble, y compris tous les bâtiments qui parent *La Grand-Rue*, devient pour eux une subsistance à leurs besoins.

En somme, chaque jour porte sa peine, aussi difficile soit-elle, ce qui leur permet d'adhérer au désir de vivre pleinement l'énormité du temps.

CHAPITRE I

*U*N bruit sourd et distant me tire d'un sommeil agité. Soudain, je me souviens. La veille, à mon arrivée, l'oncle me dit : « On entend toujours ce tannant de bruit. C'est le moteur qui fournit l'énergie. Il ne s'arrête jamais. Comme ça, la mine opère à plein temps, jour et nuit. »

Juste ! J'eus peine à m'endormir. L'interminable voyage m'a désorientée. L'autobus roulait à une vitesse vertigineuse, laissant derrière une nuée de poussière grise.

Il existe deux relais afin d'accommoder les voyageurs. On y limite l'arrêt à une demi-heure. En même temps, l'autobus refait le plein d'essence et repart ravitaillé en énergie. La route, nouvellement construite, serpente entre les lacs du parc de la Vérendrye. Ce long tracé est le seul chemin desservant l'Abitibi. Évidemment, il devient le parcours le plus efficace pour une jeune fille voyageant seule, en ces temps de crise économique.

Quelques heures plus tard, j'arrivais à destination. Là, l'oncle m'attendait, gêné mais content de m'accueillir. Il m'explique que la tante est retenue ailleurs. Alors, je chemine à côté de ce parent, le frère de mon père, que je ne connais pas.

Le réveil me rassure. Malgré l'étrangeté des lieux, j'éprouve une sensation de bien-être. Assise sur le bord du lit, mon regard fouille la chambre.

Elle est simple, très modeste ; je remarque les planches rugueuses assemblées à la hâte. Des minuscules fenêtres sont illuminées par la clarté du temps. Une armoire, dont les tiroirs ferment à peine, s'accommode d'un coin de la pièce. Au pied du lit, un coffre ancien sert occasionnellement à ranger des couvertures, selon le gré des saisons, et l'inévitable berceuse, placée près des fenêtres où filtre, le jour, une percée de soleil. Au-dessus de la porte, un petit crucifix de bois surveille, un objet de piété nécessaire au décor.

La chambre diffère de l'autre, celle que je partageais avec ma sœur, à Montréal. J'imagine l'éloignement tout à coup. Dans un logement restreint, mes parents exercent un travail familial : la couture à domicile. Une raison de plus pour changer la routine, délaisser des êtres chers et trouver refuge au loin. Ce fut une décision hâtive. Mon père me conseille de rejoindre son frère, là-haut en Abitibi. Après tout, je connais l'anglais, ayant fréquenté une école anglophone pendant plusieurs années. On nous avait informés que les personnes parlant l'anglais sont embauchées rapidement.

Ma famille délibère sur ce sujet. Enfin, elle échange des lettres. L'oncle et la tante sont ravis de ma venue.

Sans plus tarder, je décide de les rejoindre, bien que j'ignore quelles en seront les conséquences. Il y a aussi une cousine qui habite avec les parents, une jeune fille de mon âge, charmante et affable, prête à devenir mon amie.

Un périple impensable, un voyage qui m'a conduite au bout du monde. Vraiment, je n'ose y croire... Je m'habille lentement. Ma nouvelle famille est en bas : l'oncle Georges, sa femme Yvonne et la cousine Alberte m'attendent, anxieux de me connaître.

Une famille exilée qui, depuis quelques années, a réussi à se tailler une place convenable dans cette petite ville minière. J'espère en faire autant. Ma détermination à plaire m'aidera à surmonter les difficultés à venir.

Je descends l'escalier d'un pas ferme. Dans la pièce spacieuse, je retrouve, autour de la grande table de cuisine, une famille avec qui, désormais, je dois partager ma vie. Ils sont souriants, presque timides. Mon arrivée, tard dans la soirée, est passée inaperçue. Ce matin, ils se pressent vivement autour de moi.

Tante Yvonne a l'habitude de recevoir des gens de l'extérieur, cela se voit. Elle m'embrasse délicatement, puis s'empresse d'ouvrir la conversation. Sans préambule, elle entame les détails du voyage.

– C'est toujours fatigant un voyage comme celui-là. Presque 350 milles de route sur un chemin de gravier. Les tournants nous balancent l'estomac. Je te dis, il faut être courageux pour traverser le parc... L'autobus est confortable, ben sûr, mais la distance ne se rétrécit pas... Assez bavardé... Tiens, voici Alberte, ta cousine... Faites connaissance, vous deux...

On se regarde, Alberte et moi. On se sourit. Nous sommes différentes, tellement que la ressemblance physique ne paraît pas. Nous nous rejoignons dans la jeunesse de nos vingt ans... L'invraisemblable rencontre qui nous suivra tous les jours de notre existence.

Sans attendre une riposte quelconque, tante Yvonne nous invite à nous asseoir. Elle-même prend place sur une chaise, au bout de la table, sans se défaire de son air dominateur. Elle continue son boniment comme elle récite son chapelet.

Aujourd'hui, dimanche, elle s'en donne à cœur joie. Une spécialité pour la visite : des crêpes au sirop d'érable. Elle raconte que cette friandise est un régal. J'en suis ravie et je m'empresse de la remercier. Soudain, elle jette un coup d'œil à la pendule et constate qu'il est temps de se préparer pour l'église.

– Nous allons à la messe. Ton oncle nous y conduit dans son auto. Si tu préfères ne pas venir, nous comprenons. Le voyage t'a sans doute fatiguée... Alors, fais comme tu veux. La grand-messe est à onze heures.

J'observe l'oncle Georges qui n'a pas prononcé une parole jusqu'ici. C'est un homme grossi par l'âge. Il se contente d'approuver sa femme. Il n'essaie jamais de la contrarier, d'après les dires de ma mère.

C'est un mineur expérimenté qui n'a pas connu d'autres métiers que celui qu'il exerce présentement: mineur. Les mines d'Asbestos lui ont fourni un bagage de connaissances. Aujourd'hui, il retire un bon salaire, permettant à sa famille de vivre aisément. Un travail ardu, parfois dangereux, qui apporte une sécurité et une stabilité à un homme atteignant la cinquantaine.

L'oncle me regarde attentivement. Il ressemble à mon père. Ses yeux bruns cherchent en moi un brin de souvenir, des lignes familiales et, peut-être, des traces de son enfance.

– Ta famille va sûrement te manquer, maintenant que tu restes avec nous autres. L'ennui va te prendre de temps en temps, mais ça se passe... Qu'importe ce que l'on dit, la vie n'est pas si mal que ça... Tiens, les cloches sonnent ; il faut partir.

Il acquiesce d'un lent mouvement de tête, puis il coupe brièvement ses recommandations. Il a un sourire indulgent. J'ai compris. Ses simples paroles expriment une bonté discrète, effleurant ma sensibilité de jeune fille.

Vêtu de sa tenue du dimanche, l'oncle Georges frotte vigoureusement le chapeau qu'il tient entre ses mains. Il se dirige vers la porte de la cuisine, visiblement ému. Je ne peux retenir mes larmes. Je cherche un mouchoir dans la poche de ma robe. Finalement, je le trouve, le serre très fort dans le creux de ma main, avant de sécher mes pleurs qui coulent comme d'une écluse.

D'un élan spontané, Alberte m'entoure de ses bras. Son geste me calme. Doucement, elle m'entraîne vers le salon, une pièce décorée invitant aux confidences.

Quelle étrange fille ! À première vue, elle m'a paru distante. Tout à coup, elle devient compatissante devant mon chagrin. Elle me guide vers le sofa de peluche. En somme, elle agit en parente, me traitant d'une façon intime. Elle arbore son sourire le plus aimable, avant de dire d'une voix basse afin que sa mère ne l'entende pas :

– Papa a raison. Cela va se passer avec le temps. L'angoisse que tu ressens en ce moment va diminuer. Et le travail va t'aider. Au fait, maman t'a trouvé un emploi. Nous irons rencontrer le patron cet après-midi. Il est gentil. Je le connais bien, il est aussi mon patron.

La tante intervient. Il faut quitter la maison pour l'église. Consolée, je décide de les accompagner. Déjà, la voiture est en marche. J'entends l'oncle qui s'impatiente. Il klaxonne vigoureusement, ce qui alerte les voisins. Ce n'est pas souvent que la famille Cloutier est en retard pour la grand-messe. Aujourd'hui, il y a de la visite. L'arrivée d'une parente cause un émoi. La curiosité s'amplifie et la raison qui soulève cet intérêt particulier : une jeune fille dans les parages !

Nous prenons place à l'arrière de la voiture, Alberte et moi. L'oncle démarre la Dodge en souplesse, l'engage dans une rue secondaire.

D'un coup de main, il suit habilement le virage. L'auto maniée avec justesse se retrouve circulant sur *La Grand-Rue*. Je regarde avec étonnement les bâtisses qui défilent derrière les vitres. L'aspect austère des lieux ne suscite pas de commentaires. Une ville minière n'a guère de décorations extravagantes, seule la simplicité du réel existe.

D'autres véhicules circulent en sens inverse. La visibilité est obstruée par la poussière soulevée par la circulation. La prudence est de mise. Le dimanche, jour religieux et jour de congé pour les travailleurs de la voirie, *La Grand-Rue* doit se passer d'un nettoyage de gravier. En plus, un vent léger tourbillonne et les passants avancent difficilement.

Des bouts de rue débouchent sur les avenues, lesquelles rejoignent *La Grand-Rue*. Encore là, un groupe de petites maisons, bâties à la hâte, ne se ressemblent pas. Disparates les unes par rapport aux autres, elles bordent les rues secondaires, toujours sur un chemin de gravier, impraticable pour la marche. Les paroissiens assidus se rendent à l'église. Ils longent *La Grand-Rue* sur des trottoirs de ciment, inégaux à certains endroits. Des gens enjoués, élégants, s'empressent de se rencontrer au rendez-vous religieux. Les difficultés du trajet ne les importunent pas.

Une fébrilité accrue expose les gens à leur meilleur. Des familles entières se croisent, se saluent. Les enfants portent leurs habits du dimanche. Les parents, fiers de leur marmaille, s'apprêtent à passer cette journée dans la sérénité.

En jetant un coup d'œil à ma montre, je constate qu'il est onze heures. Je soupire. Ma pensée s'attarde au dernier dimanche passé aux côtés de mes parents, dans un endroit plus fastueux : l'église de mon enfance.

Et le vent léger souffle en sourdine. Le soleil se pare de ses plus beaux atours, dans un firmament bleu pâle. Une chaleur tiède s'infiltre dans le cœur de tout le monde. En somme, un matin de septembre qui s'annonce en beauté.

CHAPITRE II

IMANCHE, le Jour du Seigneur, le jour de repos pour les familles, un jour de travail pour les mineurs... Ils œuvrent sept jours par semaine... Pour les accommoder, la compagnie minière alterne les quarts. Ainsi, les mineurs se retrouvent en famille deux dimanches par mois. Ils célèbrent le Jour du Seigneur en se rendant à l'église, ce qui est primordial dans cette région.

Tante Yvonne claironne à haute voix afin que je puisse entendre les faits importants qu'elle cite. Elle détaille les activités que présente la normalité d'une journée comme celle-ci. Il est vrai que, dans la rue, une ambiance sereine règne. Les automobilistes sont joyeux, prudents, laissant traverser les piétons sans harcèlement.

Elle décrit le curé comme un envoyé du ciel. C'est un homme rusé, costaud, qui frôle la cinquantaine. La rude misère du pays imprégnée sur son visage témoigne de son agressivité, mêlée d'une tyrannie à laquelle personne n'échappe.

Il a bâti son église de peine et de labeur. Quêtant constamment auprès des autorités gouvernementales et, par la suite, commerçant avec les compagnies minières, il réussit à amasser tout l'argent nécessaire pour la construction. Aujourd'hui, l'église est terminée.

– Et, n'oublie pas, me dit-elle en levant la main, tout ce monde-là est catholique. La voici, notre belle église. Pas une pareille dans les environs.

Une église moderne, située sur un terrain argileux. Quatre bouts de rues secondaires l'encerclent. Construite hâtivement, elle exprime la foi des paroissiens. Elle n'a pas le prestige des églises de leur berceau, loin de là. Elle possède un cachet qui rapproche les fidèles de l'autel.

L'oncle Georges gare sa voiture tout près de l'église. D'autres automobilistes préfèrent stationner leur véhicule sur *La Grand-Rue*. La poussière qui balaie sans cesse ne les embête pas.

Le lieu spirituel est simple et d'une clarté naturelle. La lumière du soleil s'identifie sur la créativité simple et ordonnée de l'endroit. Des grands tableaux symboliques n'apparaissent pas sur les murs blancs. Un mince filet de chaleur bienfaisante reflète comme un sursis d'espérance.

L'église est comble. Les fidèles se recueillent pieusement devant l'autel. L'attitude réservée et la simplicité les incitent à la prière. Le curé se prépare à célébrer la messe. Au jubé, un orgue minuscule résonne. Une voix de ténor s'élève, et le chant rejoint l'assemblée. En guise de respect, les fidèles courbent la tête. Le prêtre présente l'Eucharistie. Un silence béatique plane au-dessus d'eux. L'encens parfume, dégageant une odeur mystique. Le soleil s'élève derrière les fenêtres. Il brouille la fumée légère qui s'échappe solennellement. L'heure dominicale s'achève. Le curé se tourne vers ses ouailles, les bénit. Sa voix rendue rauque, plus profonde, retentit allégrement : « Ite, missa est. »

À la sortie de l'église, le curé rencontre ses paroissiens. Mon oncle se fraye un chemin pour lui serrer la main. D'autres personnes le précèdent, ce qui l'empêche de l'approcher. Il se retourne, mais le curé l'interpelle. Toujours sur un ton badin qui lui est familier :

– Voici la nièce tant attendue... Bienvenue chez nous, la belle fille...

Tout en me fixant de ses yeux moqueurs, il continue :

– Fais attention aux garçons, ils sont avenants et aventureux. Et toi Alberte, j'attends ta visite. On doit se parler bientôt... N'oublie pas...

Alberte ne répond pas. Elle jette un coup d'œil autour d'elle. Soucieuse, elle enlève des brins d'herbe de ses souliers et se dirige vers la voiture de ses parents.

Je m'aperçois qu'elle fuit. Elle se sent mal à l'aise. Le curé l'oblige à le rencontrer le plus tôt possible. Ça ressemble à une inquisition, et cela doit se faire bientôt. Je n'ose pas commenter les propos qu'il a émis à mon sujet. Je me tais. Anxieux, les parents regagnent la voiture, silencieusement.

De retour à la maison, on s'empresse autour de la table. Le repas consiste en un bol de soupe, du pain de ménage, des galettes de raisins servies avec un thé fort. Il n'est pas question de la remarque du curé. La famille retient ses commentaires. La table est desservie; tante Yvonne se laisse tomber sur une chaise, surprise de se sentir fatiguée.

L'oncle Georges s'assoupit dans sa berceuse, près de la fenêtre. Le regard pensif, Alberte quitte soudainement la cuisine. Elle me fait signe de la suivre.

Dehors, Alberte marche allégrement. Elle est heureuse de s'évader de la maison. Grande et élancée, au début de la vingtaine, c'est une fille solidement charpentée mais aux membres longs et minces. Elle n'est pas jolie. Toutefois, elle possède un charme qui attire. Je la suis docilement, sans poser de questions.

– Nous allons visiter les Lebel à leur maison privée. Ils sont tous les deux formellement nos employeurs. Lui, il s'occupe du bureau de poste, et elle, du magasin de

15 cents. Tu verras... Ils sont des gens de bien, des notables. Ils ont une tendance à s'élever au-dessus du monde. Pour ma part, cela ne me dérange pas.

La maison où ils habitent ressemble à une énorme boîte posée sur un terrain rocailleux. Le logement du bas est le domicile des Lebel. L'autre, l'étage du haut, découpé en deux parties, loge des employés du bureau de poste. Dans cet endroit, on simplifie l'espace.

La rencontre avec mes nouveaux patrons se fait amicalement. Une poignée de main, puis commence l'entrevue. M. Lebel, un homme franc, parle sans interruption. Sa femme, souriante, quoique pédante, insiste pour énumérer les différents travaux à effectuer.

Attentive, je les écoute. L'expérience acquise dans ce domaine fait de moi une spécialiste. J'ai travaillé comme vendeuse dans les magasins de 15 cents une couple d'années à Montréal. Les Lebel sollicitent une référence.

Je leur remets une lettre de recommandation, fournissant les explications requises pour exécuter le travail exigé et, cela, en toute sécurité. Tante Yvonne avait prévu tous les renseignements nécessaires à mon avantage.

Nous quittons la demeure, enchantées de notre visite. Nos patrons, comme le mentionne Alberte, sont des gens aimables, et je présume qu'il sera agréable de travailler avec eux. Alberte emprunte un bout de chemin poussiéreux qui conduit à la mine. Elle presse le pas. Surprise, je m'informe du détour. Elle s'arrête momentanément et me répond d'une voix résonnante :

– Je veux que tu voies l'endroit le plus spectaculaire de la région. C'est là que papa travaille comme mineur. Aujourd'hui, c'est son dimanche de congé... Là-bas, le bâtiment principal permet aux travailleurs de surface d'opérer le fonctionnement du moulin. Tu entends le bruit infernal qui nous tape les oreilles ? Grâce à ce mouvement perpétuel, le treuil, ce long et haut bras qui s'élève au-dessus des autres bâtisses, alimente le réseau souterrain. Il sert d'ascenseur aux mineurs qui travaillent sous terre. Impressionnant, tu ne trouves pas ?

La formidable construction se dresse dans une droiture fulgurante.

Faute de comprendre davantage, je contemple l'ensemble des combinés structurés afin d'obtenir un rendement complet. L'or souterrain est filtré à partir de cailloux grisâtres, lesquels sont déposés dans des chariots. Le traitement d'extraction se fait sur place. En peu de temps, des briques d'or se retrouvent sur des lames de métal, prêtes au chargement. Tout un mouvement d'opérations qui m'éblouit. J'avoue ne rien y comprendre.

Nous reprenons le chemin inégal et cahoteux, guère propice pour une promenade de santé. Le soleil de septembre est d'un tempérament indécis, difficile à déchiffrer. Il faut s'en douter, quelquefois. En cette fin d'après-midi, l'air frais se glisse lentement. Le long chemin boisé, bordant la rue, miroite sous le soleil couchant. Je m'arrête un instant, admirant les reflets ondoyants du paysage impromptu. Tournant la tête, j'aperçois Alberte qui m'a devancée. Ma surprise est à son comble, lorsque je la vois causer avec un inconnu.

Quelle coïncidence! Le jeune couple paraît se connaître intimement. Inconsciemment, je m'approche davantage en les observant.

Le jeune homme arbore une tenue vestimentaire adéquate à son travail. D'ailleurs, c'est ce que je présume. Un feutre démodé, une chemise et un pantalon kaki, des bottes de cuir hautes et maculées de boue, ce qui indique qu'il revient d'un voyage. Il porte un havresac à l'épaule gauche.

Le beau jeune homme, car il est beau comme un dieu, affiche une bouche qui rit à pleines dents; il démontre une robustesse musclée.

Les mains brunies s'agitent constamment. Il est grand, beaucoup plus grand qu'Alberte.

Son physique éveille en moi des pulsations qui me sont étrangères. Craignant de gêner par mon intrusion, je n'ose pas m'approcher du couple. Alberte remarque mon hésitation et aussitôt me présente le jeune homme.

– Eric Saunders. Il travaille à la mine à titre de prospecteur. Oh ! Ne t'en fais pas, il parle français !

Le jeune homme me salue d'un sourire engageant, ce qui me ravit. Confuse, je bafouille quelques mots et m'éloigne, laissant le jeune couple poursuivre sa causerie amicale. Il est irrésistible ; j'imagine que ma cousine doit être amoureuse de lui.

Un sifflement strident signale que le quart de quatre heures est terminé. Les mineurs remontent à la surface. Après une douche pour se débarrasser des résidus des minerais, ils revêtent leurs habits de tous les jours. Ils reprennent le chemin de leur foyer, las et fatigués. Ils n'ont guère envie de parler.

Ils déambulent dans les petites rues en espérant retrouver la chaleur de la journée. Le souterrain de la mine les rend irascibles et inquiets. Ils trépignent d'impatience. Le danger d'un accident les obsède continuellement. À la fin de leur quart, ils respirent plus à l'aise. Un autre jour s'ajoute à leur interminable survie.

Alberte me rejoint au pas de course, après avoir dévalé la pente qui nous sépare du chemin. D'un ton joyeux, elle déclare tout en me touchant le bras :

– Il est charmant, Eric, en esquissant un sourire enjôleur. Je l'aime beaucoup, tu sais...

Elle me fait un clin d'œil en signe de complicité. Me hasarder dans la vie amoureuse de ma cousine ne me plaît guère. Je me sens troublée. Cette rencontre improvisée m'a bouleversée, au point que d'en discuter avec elle me rend mal à l'aise.

Le retour à la maison s'effectue rapidement. Nous empruntons *La Grand-Rue* pour revenir au point de départ. La petite maison verte, cachée sous de gros sapins ombrageux, nous accueille comme un havre de grâce.

Au souper, la tante curieuse ne cesse de poser des questions sur l'entrevue avec les Lebel. Je la relate avec plaisir et je remercie une autre fois l'oncle, la tante et la cousine de leur bonté, de m'avoir fait confiance. Oui, je suis ravie de mon nouvel emploi.

De temps en temps, je lance un regard oblique à Alberte. Celle-ci m'ignore. La rencontre improvisée de l'après-midi n'est pas mentionnée. Je soupçonne de l'animosité entre les deux femmes. Justement, un secret qui doit demeurer caché pour le moment.

Tante Yvonne me suggère un repos mérité. Et, immédiatement, je me sens envahie par une fatigue extrême : cela doit paraître sur mon visage. La tante ajoute :

– Ton oncle a installé une petite table et une chaise dans ta chambre. Comme ça, tu peux écrire à ta famille aisément. C'est plus privé ainsi, beaucoup mieux que d'écrire une lettre sur le coin de la table de cuisine, à la vue de tous.

C'est vrai, tout se passe dans la cuisine, une pièce qui sert pour les travaux domestiques aussi bien que pour les confidences. Le souper terminé, chacun se retire. Lentement, je monte l'escalier, résolue à me reposer sans arrière-pensée.

Mon premier dimanche en Abitibi. Le couchant resplendit d'une teinte éblouissante. Des lignes rougeâtres se glissent au-dessus de la forêt. Par la fenêtre, mon regard se perd où s'arrête la beauté astrale. Je pense à ma famille, à la vie inquiétante qu'il nous a été donné de vivre.

Des bruits venant d'en bas se dégage une familiarité rassurante. Tout à coup, je me rappelle les motifs pour lesquels je dois demeurer avec eux : m'habituer à leur mode de vie, différent et exigeant.

Chapitre III

*L*a *Grand-Rue* est bruyante et achalandée ce matin. Les travaux routiers ne cessent d'exiger de multiples efforts de la part des citoyens. Tout se centralise autour du secteur commercial. Une fébrilité y règne.

Le déménagement du village voisin est terminé. En dépit des protestations, des pétitions soulignées et des requêtes prestigieuses auprès des gouvernements, les villageois ont été obligés de déguerpir, d'abandonner leurs biens. Au début de l'été, on a procédé à la démolition du village.

On change de gouvernement. Celui-ci propose une solution positive mais contraire aux promesses existantes, et pour le bien des habitants. Le sort en a décidé autrement : Roc d'Or est condamné à mourir. La démolition continue. Les bâtisses importantes sont tirées par d'énormes tracteurs et réinstallées sur des terrains déjà aménagés pour les recevoir.

La Grand-Rue refait son image. Elle sert de bouclier temporaire, permettant aux villageois expatriés de poursuivre leur envie de réaliser l'ambition de leurs efforts surhumains.

Les commerçants du village, refusant de laisser démolir leurs bâtisses, acceptent avec réticence de s'installer dans la petite ville, un soulagement pour les compagnies minières de la région. Le village détruit devient un exemple afin d'éviter qu'une telle situation ne se renouvelle ailleurs.

On reprend le cours normal des activités : travailler jour et nuit. Il faut construire des immeubles et conserver le cachet minier. Des styles différents ornent la devanture de quelques magasins.

L'emplacement le plus fréquenté regroupe, dans un seul édifice, une épicerie, une banque, le bureau de poste et le premier magasin de 5-10-15. Tous les véhicules y stationnent à longueur de jour. Un trottoir longe la bâtisse et facilite l'entrée dans les différents endroits.

Le bureau de poste est constamment achalandé. Les employés ont un air sérieux et ne peuvent entretenir des propos intéressants avec les gens qui se présentent à leur guichet. Voilà une raison spécifique pour laquelle tous se dirigent vers le nouveau magasin.

Une demi-cloison sépare les deux commerces. Une idée ingénieuse du patron qui amène des clients à visiter et à acheter les dernières nouveautés.

Ma présence au comptoir donne un air de jeunesse attirant. Je m'acquitte admirablement de mes nouvelles fonctions.

Les hommes en profitent, eux, pour se procurer du tabac, des cigarettes et d'autres articles nécessaires à leurs besoins. Ils me détaillent discrètement, quoique j'ignore les coups d'œil. J'essaie de ne rien entendre des remarques qu'ils glissent à mon égard. Très obligeante, je les remercie gentiment pour leurs achats.

Alberte s'occupe de la caisse principale du bureau de poste. De temps en temps, je l'entrevois. Elle se débrouille fort bien. Son amabilité incite les clients à discuter de choses et d'autres, tout en la taquinant.

À l'heure du midi, nous nous rejoignons à l'arrière du magasin. Nous dégustons les sandwichs et le breuvage apportés de la maison, tout en surveillant le devant du magasin. Intriguée, je remarque l'absence des femmes, ne faisant pas d'achats le matin. J'en passe un mot à Alberte. Elle me répond, tout en haussant les épaules :

– Les femmes magasinent, mais pas le matin. Sûrement, le magasin de 15 cents les intéresse. Elles viendront cet après-midi, et ça, si la température se maintient au beau.

Elle explique afin que je puisse comprendre. Les familles sont jeunes. L'entretien de la maison et les enfants ne leur donnent pas le choix. Elles n'ont pas de temps libre le matin, alors elles sortent l'après-midi. Par la suite, elles se rendent au bureau de poste ramasser le courrier tant attendu.

Là, à côté, le nouveau magasin de 15 cents est à leur portée, une distraction inévitable, voire attirante, qui satisfait leur curiosité.

Les femmes de cette ville ne sont pas démunies. Au contraire, elles balancent leur budget prudemment. À l'occasion, elles se permettent des gâteries qui leur plaisent, évidemment ! La routine journalière des gens se limite à leur travail et à leurs loisirs. Ils n'ont pas la facilité de se déplacer, comme dans la grande ville ; *La Grand-Rue* n'est pas asphaltée et les trottoirs sont impraticables.

Soudain, Alberte devient impatiente. Ma curiosité la rend irascible. En plus, elle a l'étonnante capacité d'accumuler l'anxiété qu'elle ressent depuis ce matin.

Je jette un regard furtif autour de moi : personne. Alors, j'en profite pour aborder la rencontre inusitée d'hier. Un sujet épineux, que j'aimerais élaborer. Des cachotteries de la sorte amèneront des discussions déplaisantes autour de la table de cuisine.

— Parlons du beau jeune homme. Oh ! ne fais pas l'innocente, Alberte ! Tu avais rendez-vous avec lui, pas vrai ?

— Eric et moi avons l'habitude de nous rencontrer le dimanche, le seul jour de la semaine libre pour nous deux. On se voit à la « guest house », habituellement. Hier, tu étais là, alors, impossible. Nous nous sommes vus sur le chemin de la mine. Nous avions des choses graves à discuter.

Elle perçoit un changement immédiat sur mon visage.

Je suis bouleversée, offensée par ce prétexte, en devenant complice de ce rendez-vous amoureux ; je ne sais pas quoi dire. Elle change de ton, comme si elle avait hâte d'en venir à l'essentiel.

– Je suis désolée de ce malentendu. Je ne pouvais pas agir autrement. Eric et moi avons l'intention de nous marier. Et ça, le plus tôt possible. Il fallait que je lui parle. Excuse-moi, c'était le seul moyen à ma disposition...

– Tu es enceinte ?

– Ça fait au-delà de quarante jours que je n'ai pas eu mes règles.

J'avale difficilement une gorgée de thé brûlant, tout en posant la tasse et la soucoupe à côté de ma chaise. Mes mains tremblent. Pourtant, cette nouvelle qu'Alberte vient de m'annoncer, d'une voix douce et presque dénuée d'émotion, ne peut être mise en doute.

Je suis abasourdie. Tout à coup, je pense aux parents. Quel désarroi pour eux. Quelle sera leur réaction ? Qu'importe ! Pour le moment, il faut que j'aide ma pauvre cousine à se ressaisir.

– Si ton cœur est prêt aux confidences, je suis là... Nous en reparlerons plus tard. Les clients arrivent... Allons, retournons à nos comptoirs.

En rougissant, Alberte acquiesce. D'ailleurs, elle préfère le silence. Comme cela, il sera plus facile pour elle de divulguer ses intentions à la famille. Pauvre cousine ! Je lui tends la main, ce qui semble la réconforter.

De retour à la maison, je ressens de l'angoisse. C'était ma première journée de travail dans un environnement étranger. En plus, les confidences d'Alberte m'ont métamorphosée. Dans mon for intérieur, j'éprouve une crainte... Aussi, les reproches des parents vont certainement m'atteindre beaucoup plus que je le pense.

Alberte me touche l'épaule et murmure à mon oreille : « Je rejoins ma mère sur la galerie. La voici qui s'installe dans sa berceuse. C'est le meilleur temps de la journée pour lui en parler. »

Le physique de tante Yvonne n'a rien d'attrayant. Elle a des cheveux grisonnants et des yeux attentifs qui semblent explorer son cerveau lorsqu'elle s'exprime. Elle possède une bouche mince qui profère des paroles blessantes, un comportement qui exaspère sa famille.

Debout sur le seuil de la porte d'entrée, Alberte hésite. Son cœur bat la chamade. Son esprit vagabonde entre le bien et le mal. Elle veut expliquer à sa mère sa relation amoureuse. Elle tousse légèrement avant de se lancer dans une discussion qui promet d'être orageuse.

Sa mère l'observe, puis lui fait signe de prendre place dans l'autre berceuse. Avant même qu'Alberte lui adresse la parole, tante Yvonne la précède :

– Je suis contente que tu t'entendes avec Odile. C'est une jeune fille intelligente et déterminée à faire sa vie avec nous... Mais, c'est pas pour ça que tu veux me parler... Je sens que tu as quelque chose de grave à me dire...

Alberte n'ajoute rien à cette remarque. Son corps est tendu, ses doigts entrelacés se pressent les uns contre les autres. Elle sent que la situation devient explosive. Et puis, d'une voix égale, sans s'arrêter, elle prononce les mots qu'elle retient depuis longtemps.

– J'aime Eric Saunders... Nous avons l'intention de nous marier !

– Tu es folle, ma pauvre enfant, s'écrie sa mère hors d'elle-même. Penses-y bien, un Anglais, un protestant en plus... Le curé ne voudra jamais vous marier. C'est pour ça qu'il veut te voir ? Il a bien insisté à la sortie de l'église pour que tu le rencontres bientôt !

– Il veut qu'Eric se convertisse. Je ne pense pas que ça marche. Eric veut que je pratique ma religion. Il est prêt à supporter la naissance des enfants. Pour le reste, il préfère attendre.

Voilà, la bombe vient d'éclater ; et encore, une partie seulement. Sa mère est furieuse. Chose certaine, elle avait fait une enquête sur leurs fréquentations. Et quoi encore !

Désemparée, Alberte se tait. Toujours assise aux côtés de sa mère, elle se cale contre le dossier de sa berceuse, les bras croisés, l'air de dire : « Inutile de continuer. » Incapable de réagir pour le moment, elle constate que sa démarche s'avère désastreuse.

Tante Yvonne se lève précipitamment. D'un pas décidé, elle se dirige vers la porte d'entrée de la maison. Ses mouvements sont vifs et déterminés. Tout de même, elle s'arrête pour lancer un ultimatum : « Laisse tomber la folie du mariage ! »

Alberte ne semble pas l'entendre ; la confusion règne en elle. Étourdie par ces derniers mots qui précisent une déception douloureuse, elle esquisse un sourire amer.

Sa mère lui tourne le dos. Soudain, un bruit sourd les distrait. L'oncle Georges vient d'entrer par la porte de la cuisine.

– Il ne faut pas tracasser ton père avec cette histoire-là. Fais attention à toi ! Tu sais de quoi je parle...

La tonalité de sa voix se fait rauque et plus profonde : ce n'est pas un avertissement quelconque ! Alberte soupire. Tant pis, il est déjà trop tard !

Elle se rappelle de l'heure douce apprivoisant son amour, un beau dimanche d'été. Une bouffée de chaleur bienfaisante soufflait sur la région. Le ruisseau brillait à cette heure. Le ciel rosé colorait la tranquillité de l'eau. La chemise enlevée, Eric se pencha en avant, s'aspergea les épaules, le dos et la poitrine, comme verni par la lueur du soleil du midi.

Elle le regarda intensément. Ses gestes faisaient couler l'eau sur ses muscles tendus. Troublée par son regard chaleureux, elle se laissa guider par lui.

Ses yeux la fouillèrent jusqu'au fond de l'âme. La tenant par la taille tendrement, il se plongea dans son corps de femme. Un tumulte de plaisir la submergea, la grisa, dans ses bras vigoureux. De tout cela, elle se souvient.

Ma main touche son épaule : elle sursaute. Les traits défaits, son visage n'a plus l'expression de bonheur et d'espérance de ce matin.

Alberte sanglote de tout son corps. Elle ne retient plus son orgueil, ni sa fierté.

– Ma mère est dure. Elle ne veut rien comprendre. Elle a cette notion que tous les protestants sont des méchants. Et, elle se dit chrétienne...

– Elle ne sait rien de ta condition ?

– Non ! Je n'ai pas eu le courage de lui dire. Elle ne me le pardonnera jamais ! Jamais, tu entends !

CHAPITRE IV

CTOBRE, le mois des gelées. La neige couvre le sol à demi, y laissant un avant-goût de la saison hivernale.

Fernand Guérin revient de vacances, ou plutôt d'un voyage de réflexion. À son étonnement, le bureau central de la banque lui refuse un transfert. Au contraire, on lui signifie son retour dans la région. Il est urgent qu'il continue d'exercer le poste de comptable. Une manœuvre improvisée !

Le bureau central lui avait promis un poste ailleurs, dans une localité où le climat serait plus clément et favorable à une chaleur égale. La requête est remise à l'an prochain. Donc, il revient au pays, penaud et déçu.

Fernand Guérin est un jeune homme à l'allure élégante. Son complet gris le distingue des autres jeunes gens. Ses cheveux noirs, soyeux, brillent et sont coiffés de sorte qu'ils ne se déplacent pas au moindre coup de vent. Ses yeux noirs, perçants, impressionnent. Rieurs et taquins à la fois, ils ne démontrent pas de méchanceté. Bref, il est méticuleux de sa personne et ne prévoit pas changer.

Ses mains manipulent une lettre reçue durant son absence. Il est distrait. Cette lettre est en retard. Il s'aperçoit que la date d'expédition est antérieure aux deux dernières semaines.

Il cherche une explication. Il se dirige vers le guichet de la poste sans trop regarder devant lui. Soudain, il se heurte à une jeune fille. Ébranlé, il la retient. Ils sont si près l'un de l'autre que leurs visages se touchent. Quelle étrange sensation ! Fernand voit les yeux noisette, grands ouverts, une chevelure châtaine qui mire au blond, et une taille à le faire rêver.

— Je m'excuse, je lisais mon courrier... Fernand Guérin, comptable à la banque d'à côté.

Je m'écarte vivement. Il m'a à peine effleurée, tout de même. Son attitude éloquente me ravit et sa sollicitude est remarquable. Je m'empresse de me présenter : Odile Cloutier, la nouvelle vendeuse du magasin de 15 cents.

Pris au dépourvu, il me tend la main. Étonné, il a l'air d'un garçon qui vient de recevoir un coup totalement imprévisible sur la tête.

Une cliente m'approche, brisant ainsi ce moment intime, presque gênant. Je retourne au comptoir des produits de beauté. Lui m'observe. Il a un sourire incrédule, comme s'il éprouvait le sentiment d'avoir l'air idiot. Tout en hochant la tête, il quitte brusquement le magasin tenant toujours la lettre entre ses mains. C'est une lettre attendue qui vient de sa petite amie Agathe. Soudain, elle perd de son importance.

De mon côté, je détourne à nouveau les yeux, mais il disparaît dans l'embrasure de la grande porte. Je le trouve sympathique, poli et son langage m'épate. Imaginez un jeune homme d'un milieu bourgeois vivant dans un milieu minier. Le destin amène les hommes à se côtoyer, afin de survivre dans cette région éloignée. Il en est sûrement ainsi pour ce jeune homme.

Aujourd'hui, le patron, M. Lebel, annonce que la livraison des marchandises est avancée dans la matinée. Un nouveau transporteur vient d'être assigné pour la ville. Le gouvernement provincial instaure une ligne de camionnage, traversant le parc de la Vérendrye.

Les marchandises commandées à Montréal deviennent plus accessibles pour les commerçants de la région, incluant les villes minières environnantes. M. Lebel explique que les retards du chemin de fer sont désormais du passé. Le camion devient, par conséquent, le moyen de transport attitré du fret destiné à l'Abitibi.

Un vrai rebondissement de propriété pour la population. Enfin, les pionniers deviennent les participants au développement du nord de la province. Un salut d'allégresse se manifeste. Tous les habitants sont enthousiasmés de l'envergure de l'expansion économique projetée par les autorités responsables.

Le climat, un facteur primordial, occasionne des délais inimaginables. Le chemin de fer, le seul transporteur à date, pose de graves problèmes en hiver.

Au printemps, les feux de forêt retardent les wagons, les empêchant de desservir à temps les localités sur leur passage. Le nouveau moyen d'expédition est attendu avec impatience. Des camions circulent sur *La Grand-Rue*, ce qui provoque des manœuvres inattendues. On agrandit les deux garages existants afin de maintenir un service régulier pour l'entretien des véhicules.

L'euphorie est à son comble. Jusqu'à présent, l'Ontario agissait en maître en Abitibi. Instantanément, un changement s'opère et des agences commerciales accourent vers la région délaissée.

M. Lebel est souriant ce matin. La première commande sera livrée dans une heure. Il m'informe gentiment que Mme Lebel me donnera un coup de main. Le travail consiste à déballer les colis, placer la marchandise sur les comptoirs et sur les tablettes.

Évidemment, un emplacement aussi restreint que celui-ci peut gêner le va-et-vient des activités. Tant pis pour l'encombrement, il faut penser aux résultats : les gens visiteront le magasin plus souvent, admirant les nouveautés, et ils seront tentés d'en acheter.

Fernand Guérin suit l'horaire qu'il se trace chaque matin. Je le remarque. Il se rend au bureau de poste, retire son courrier et celui de la banque. Puis, il se dirige vers le magasin, examinant les divers objets en montre dans le kiosque vitré. L'étalage est varié et de première qualité. Il ne se lasse pas de le contempler.

Il achète des cigarettes. Il cause des différents événements survenus la veille. Je suis trop anxieuse de le revoir. C'est presque un surplus de curiosité de ma part ; je veux toujours en connaître davantage sur les activités nocturnes de la petite ville.

Ce matin, un camion de livraison stationne devant le magasin. L'appellation suivante est inscrite sur l'immense boîte : *Transport Express inc.*

La porte s'ouvre grande, tassant Fernand. Un énorme jeune homme lui bloque la sortie. Il prend toute la place, une grosse boîte et un carton dans les bras.

– C'est par là que l'on dépose les paquets ? demande-t-il en s'adressant à Fernand.

– Je le suppose. Je ne suis pas le patron... Va en arrière, tu le trouveras quelque part...

La rencontre inusitée entre le comptable et le livreur s'avère, pour le moment, une coïncidence. Ils se connaissent à peine. Plus tard, des circonstances imprévues les rapprocheront.

Présentement, la livraison est la préoccupation du livreur. Il se fraye un passage, me poussant contre le mur. Il tourne les talons, m'observe intensément. Je suis hypnotisée par son regard bleu, son sourire désarmant.

– Une fichue de belle fille... Ah oui, je suis Rémi Nantel. Dorénavant, je viendrai livrer le fret le matin, deux fois par semaine... Moi, je ne demande pas mieux.

J'en ai le souffle coupé. Je n'ai pas l'habitude d'être remarquée ainsi, surtout à la hâte. Les mots pour répliquer ne sortent pas de ma bouche. Je ne peux pas les articuler clairement... « Quel drôle de gars ! »

La livraison terminée, il quitte l'endroit d'un pas rapide. En passant près de moi, il me jette un coup d'œil admiratif. Je le regarde franchir le seuil de la porte. Il ne la claque pas comme les autres livreurs, il la ferme doucement. Au comptoir, Fernand attend patiemment.

– C'est tout un bonhomme, celui-là. Un vrai ouragan !

– Tu le connais ?

– Un peu. Son père vient d'acquérir un permis de camionnage longue distance. Ses deux fils font partie de l'entreprise. Et il ne faut pas oublier la dure Mme Nantel, l'épouse, la mère. Tous les quatre opèrent le commerce. Ça brasse assez fort dans cette famille-là.

– As-tu réfléchi ? me demande-t-il sur un ton sérieux. M'accompagnes-tu au souper, dimanche soir ? N'oublie pas la fermeture du bazar !

J'ai complètement oublié son invitation. Les confiden-ces d'Alberte m'ont distraite. Je me ravise et, avec empressement, j'accepte. D'ailleurs, l'oncle et la tante seront enchantés de nous voir ensemble. Déjà, ils parlent de nos rencontres comme d'une idylle amoureuse.

Nous retournons à notre travail respectif. La matinée s'allonge. Les gens s'affairent autour des cases postales, récupérant des lettres importantes, des affiches qui ont été retardées.

Sur l'heure du midi, le curé fait son apparition. Il a l'habitude de bavarder avec les employés. Il s'empare de son courrier, tout en fixant Alberte de son regard inquisiteur.

Elle l'ignore. Le curé ne renonce pas. Il cause machinalement avec les gens, tout en observant avec intérêt le comportement d'Alberte. S'approchant d'elle, il en profite pour s'enquérir de sa santé. D'une voix malicieuse :

– Tu vas bien aujourd'hui, ma fille ?

Résignée, Alberte se hisse sur son tabouret et attend l'inévitable. Enfin, le curé lui dit :

– Il est temps de penser à ton avenir avec le prospecteur. Il n'est pas trop tard... On parlera sans gêne.

Elle l'écoute, hoche la tête en signe d'assentiment. Quand il se tait, elle acquiesce à sa demande.

– Ce soir, quand mes parents se rendront au bazar, nous irons vous voir au presbytère, Eric et moi!

Le curé lui jette un coup d'œil complice et, d'un sourire engageant, il soulève un brin d'espoir dans son cœur.

Une heure plus tard, Alberte quitte son travail. Elle prétexte une migraine et prend congé pour le reste de la journée.

Son attitude bizarre m'inquiète. Ce matin, elle évitait mon regard soucieux ; pourtant, rien de fâcheux n'est survenu entre nous... Tout de même, elle sent que je la surveille constamment.

Le repas du soir terminé, l'oncle et la tante s'empressent de rejoindre les autres paroissiens. Ils prêtent main forte aux opérations gigantesques du bazar, à l'église.

Alberte se retire dans sa chambre. Elle se garde de proférer une parole. Son silence persiste. Je crains que le curé ne l'ait perturbée. Elle ne m'a pas soufflé mot de leur conversation. Sa manière d'agir me laisse croire à une surprise décevante.

Je m'apprête à monter dans ma chambre. Soudain, la sonnette de la porte d'entrée me fait sursauter. Je file répondre. Eric Saunders est là, devant moi! Il s'attarde sur le seuil de la porte, le visage rayonnant.

Chapitre V

*J*E suis estomaquée ! Une surprise qui dépasse la réalité, laquelle réalité je ne peux imaginer.

– Que se passe-t-il ? Que fais-tu à cette heure-ci ? Alberte a une migraine, elle se repose, et tout ça est de ta faute !

Ma colère n'a pas de borne. Tout en m'écartant, il entre. Dans un français écorché, il formule des mots à peine audibles. D'une rapidité étonnante, il sort précipitamment du salon et se dirige vers la chambre d'Alberte, comme s'il en avait l'habitude.

Je suis désemparée. Sans même raisonner, je m'obstine à le retenir par le bras.

– Eric, arrête-toi ! Tu n'as pas le droit d'être ici. Alberte est malade. Sa mère ne veut pas entendre parler de toi. Je t'en prie, va-t'en... Laisse-la tranquille.

Il avance vivement, comme un courant d'air frais. Il voit Alberte, tout émue par sa présence. La surprise passée, elle lui sourit et ce sourire radieux illumine la chambre, soudainement.

Les deux amoureux se retrouvent dans les bras l'un de l'autre. Alberte lui caresse la nuque. Elle se presse contre lui, se laissant embrasser. Un moment de délice qui lui permet de rêver mais leur séparation est inévitable !

– Darling, je suis venu te chercher. Nous partons tout de suite pour Noranda. Là, nous nous marierons. Tout est arrangé... Et, l'entourant de ses bras : « I love you my darling. »

Alberte ne retient plus ses larmes. Elles coulent en silence. Pas de sanglots ni de tentative futile pour essuyer ses pleurs. Eric lui tend un mouchoir. Elle tamponne ses joues comme si un baume apaisait son cœur et s'y glissait délicatement.

Je suis amèrement déçue : j'essaye de raisonner ma cousine. Elle ne peut pas fuir la maison sans avertir ses parents. J'argumente, j'implore, mais tout demeure vain.

Eric l'aide à se vêtir. Ses gestes se posent gentiment sur elle, la distrayant de mes objections. Ma présence ne les gêne nullement. Au contraire, ils agissent sans scrupules.

Quitter la maison sans aucun indice dépasse les convenances. Évidemment, le respect filial passe au second rang quand l'amour occupe toute la place. Et, dans leur cas, l'amour précipite les événements.

La voiture d'Eric, garée devant la maison, les attend. Alberte m'embrasse bien fort. Elle me remercie avec effusion, puis me quitte joyeusement. Troublée par ce geste affectueux, je ne peux pas m'empêcher de la prévenir une autre fois.

– Tu fais une bêtise. Attends l'arrivée de tes parents ; ils ne tarderont pas, il est presque dix heures... Je ne sais quoi leur dire... Ils vont me demander des explications...

Il est trop tard. Ils se soucient peu de mes conseils. Submergés par les sentiments d'un bonheur acquis, les amoureux franchissent le seuil de la porte, sans arrière-pensée, main dans la main.

La première tempête. La neige folâtre s'étourdit sur la route gravelée. Le vent la balaie d'un bord à l'autre des fossés. Les virages sont raides et tassent la voiture au moindre sursaut du volant.

La visibilité est nulle. Des flocons de neige s'amassent, se collent aux vitres comme des grains de sel. Le vent du nord s'élève en rafales. Pernicieux, il charrie la neige sur les bords de la route, laissant des amas de neige granulée. Un temps de chien, un temps dangereux qui augmente en férocité. Une fin de semaine d'octobre, juste avant la fête de la Toussaint. La température frisquette amène un temps grisâtre, le présage d'un hiver rigoureux.

Soudain, une rafale furieuse déplace la voiture. Eric tente désespérément de la ramener à droite de la route. Inutile. Le vent tourbillonne, la neige ne cesse de virevolter. Au tournant de Rivière-Héva, un autobus roule lentement sur la route glissante. Les phares d'une voiture venant en sens inverse l'aveuglent.

Instinctivement, le chauffeur applique les freins, modérant ainsi la vitesse afin d'éviter un dérapage. Nerveux et surpris, Eric exécute une fausse manœuvre ; il rate le tournant de la route, perd la maîtrise de la voiture et la projette sur le côté droit de l'autobus.

L'impact est violent. Le contact assomme Eric. Sa tête s'affaisse sur le volant, broyée par le choc brutal de la collision. Le chauffeur de l'autobus, abasourdi par le coup, tasse son véhicule sur l'accotement et l'immobilise sur-le-champ.

Un camion de service, stationné devant le magasin général, s'apprête à quitter les lieux. Étourdi par le bruit retentissant, Rémi Nantel sort de la cabine, comme un projectile. Heureusement, son camion n'est pas atteint par la collision.

Il est dix heures trente du soir. La noirceur empêche toute visibilité. Les clients du magasin général, trinquant autour du poêle à deux ponts, s'élancent dehors au pas de course.

Un silence effrayant plane autour d'eux. Rémi Nantel s'avance prudemment. Une faible lumière à l'extérieur du magasin le guide. Les clients, terrifiés par le carnage qui vient de se produire, distinguent à peine les véhicules endommagés.

CHAPITRE VI

L'HÔTEL de ville, une bâtisse en bois, est situé au tournant de *La Grand-Rue*. Il attire l'attention lorsque la circulation contourne le coin, réalisant soudain que le pouvoir policier y réside. À l'arrière de cette même structure, le garage municipal et l'usine d'épuration des eaux se partagent les services publics.

Le chef de police Riendeau, un homme dans la quarantaine, détient un passé remarquable. Il fut membre de la Sûreté Provinciale, prit part aux activités de transition du village voisin et, par la suite, il servit comme agent de la paix dans une localité avoisinante.

C'est un homme à qui rien n'échappe. Son esprit bouillonne de surveillance. Disons qu'il connaît la façon de vivre de son entourage. L'escapade du jeune prospecteur de la mine avec la jeune fille du bureau de poste le déroute complètement. Il est aux aguets!

Il y a quelques minutes à peine, le gérant de la mine l'avisait qu'il souhaitait ramener la voiture accidentée dans le stationnement de la mine.

— Impossible, lui répondit le chef. Tout véhicule accidenté sur la route doit être remisé au garage municipal.

« Cela ne doit pas se produire », pense le chef. Entre-temps, il n'a pu rejoindre le maire, celui-ci préside l'ouverture du bazar. L'autre policier est déjà sur les lieux de l'accident. Il ne se trouve personne au poste en ce moment, un samedi soir de tempête de neige.

Comme le temps arrange tout, Rémi Nantel apparaît dans l'embrasure de la porte. Inutile de décrire sa mine effarée, ses vêtements sales dus aux conséquences de l'accident. D'une voix saccadée, il parvient à relater les faits saillants. Ses explications coïncident avec le rapport donné au téléphone par le policier dépêché sur les lieux.

Qu'importe ! Le pauvre homme s'essuie le front et les yeux afin de mieux saisir l'image terrifiante qu'il a vue, il y a une heure à peine. Il s'assoit lentement, l'air égaré, ne sachant plus comment continuer son récit.

Le chef, ahuri mais toujours maître de lui, l'écoute, la tête baissée, l'air attentif, essayant d'imaginer le macabre événement. Il n'ose pas lui demander un service, mais il le faut, car le temps presse pour prévenir les parents.

– Je sais que ce n'est pas l'heure propice pour aller quérir le père Cloutier et lui annoncer la triste nouvelle. Je te demande de le faire. Je n'ai personne d'autre pour ce travail-là... Tu vois, je suis seul ici...

Réticent, Rémi Nantel se lève et se dirige vers la porte sans regarder le chef. D'une voix plutôt traînante, il réplique :

— Je ne veux pas être témoin de sa réaction. Je l'emmène et toi, chef, tu fais le reste. À part de ça, je ne dis rien aux autres membres de la famille. C'est trop dur ce que j'ai vu pour leur expliquer...

Chemin faisant, Rémi Nantel s'attarde à regarder le va-et-vient des véhicules circulant sur *La Grand-Rue*. Voici qu'il remarque un automobiliste qui semble être Georges Cloutier. Celui-ci revient du bazar paroissial qui a eu lieu au sous-sol de l'église. Rémi le suit jusqu'à la maison du coin. Il gare son camion tout près. «Une belle occasion pour l'accoster», se dit-il.

D'une voix aimable, il se penche par la fenêtre de la portière et demande à l'homme de l'accompagner au poste, prétextant que le chef Riendeau a une affaire grave à discuter avec lui. Il n'en dit pas davantage.

Georges Cloutier, surpris, fronce les sourcils. Il lui fait signe d'attendre. Avec précaution, il aide sa femme à se rendre jusqu'à la véranda puis revient.

— Pas besoin de prendre votre char, je vous embarque. C'est plus commode comme ça, lui propose Rémi.

Les deux hommes parlent peu durant le court trajet. Le père Cloutier demeure pensif. Il ne connaît pas la raison du message. Il ne questionne pas Rémi. Celui-ci, taciturne, n'est guère bavard. C'est vrai qu'il est passé onze heures du soir.

Il n'a pas eu le temps d'expliquer son départ à sa femme. D'ailleurs, ce n'est pas la première fois que le chef doit se renseigner sur le comportement des mineurs étrangers. Volontiers, Georges Cloutier, le plus ancien des mineurs, lui fournit les renseignements voulus.

Lorsque les deux hommes se présentent devant le chef de police, la consternation règne déjà. Plusieurs coups de fil, des interruptions malveillantes de part et d'autre ont assombri le moral du chef. En voyant le père de la jeune fille, la pitié l'étreint soudain.

Après un moment de répit, le chef offre un verre de whisky au père Cloutier, une vieille coutume établie depuis longtemps entre les deux hommes. « Cette fois, la nuit sera longue », pense-t-il.

Il est connu pour son caractère inflexible. Il a de la cuirasse dans le toupet. Mais, comme la soirée avance, le costaud policier éprouve de la difficulté à s'exprimer. Il lance un regard suppliant vers Nantel, implorant son aide.

Le camionneur, mal à l'aise, demeure debout près de la porte. Son attitude réticente indique qu'il veut éviter la pénible entrevue. Au préalable, il avait fait savoir qu'il ne voulait pas être présent. Maintenant, il pense autrement. Alors, péniblement, il s'installe sur l'autre chaise disponible près du pauvre homme.

Le téléphone sonne trois fois d'affilée. Évidemment, c'est un appel interurbain qui relie le poste de police à une urgence. Le chef s'empare du récepteur et fait signe de la main à Rémi de s'approcher.

– Va dans la cour, ils arrivent avec le véhicule accidenté. Je ne peux pas quitter le poste... Tu comprends...

Georges Cloutier lève la tête pour la deuxième fois. Il ne comprend pas au juste la gravité de la situation. Il écoute les mots inintelligibles des deux hommes. Leur conversation à voix basse l'agace. Il n'est pas d'humeur à les entendre.

– Ça fait assez longtemps que vous discutez. Que se passe-t-il ? Y a-t-il eu un accident quelque part ? Quelqu'un que je connais ?

Sa voix s'élève, marquée par l'inquiétude. Le chef n'a plus le choix. Assis en face du père, il lui raconte l'effroyable récit. À mesure qu'il parle, le pauvre homme le fixe, figé. De temps en temps, son regard hagard se promène sur le mur comme pour imaginer la scène.

Subitement, d'une voix méconnaissable, il s'écrie : « Où est-elle ? » Il ne prononce pas son nom. Ses yeux se ferment afin de mieux absorber le choc qui lui crève le cœur. Il ressent une douleur impossible à définir.

– Chez Garde Boucher, au dispensaire des Quatre-Coins. C'est là qu'elle repose en ce moment. Elle n'a pas repris connaissance. Garde Boucher a téléphoné au docteur Perras... D'ailleurs, il est en route. Il nous donnera des nouvelles aussi vite que possible.

– Je veux y aller tout de suite, réplique-t-il en se précipitant vers la porte, bousculant tout sur son passage.

Il court et, d'un pas malhabile, enjambe le tas de neige qui encombre le trottoir. Il est surpris d'y voir le jeune Nantel s'apprêtant à quitter les lieux.

– Veux-tu me conduire à la maison? Il faut que j'avertisse ma femme au plus vite.

Obligeant, Rémi lui indique le camion.

– Ben sûr, le père, montez.

Las et fatigué de sa journée, le jeune camionneur éprouve de la compassion pour le pauvre père. Prudemment, il démarre et se dirige vers la maison des Cloutier.

Arrivé chez lui, le pauvre homme débarque avec difficulté. Terrassé par l'événement, la voix éteinte, le dos courbé et le regard vide, il ressemble à un vieillard, un homme qui n'existe plus.

Personne n'a osé mentionner le nom du jeune prospecteur. Il est mort sur le coup. Le chef, candidement, a omis les principaux détails concernant la disposition du corps de la victime. En ce moment, le bureau de la mine s'occupe d'alerter la famille et de faire le nécessaire afin d'éviter une enquête.

Il est presque minuit. La tempête se poursuit de plus belle. Un air froid et pénétrant couvre la petite ville d'une nuée blanche. La mine opère régulièrement. On entend le bruit mécanique du moulin qui ronronne comme un vieux chat à l'affût.

Chapitre VIII

*L*A tristesse s'enlise dans la maison. La crise de larmes fut terrible, la veille. L'oncle Georges, confus, eut peine à relater le terrible accident. Des propos entrecoupés, des hésitations, même une faiblesse dans sa voix l'obligea à ne plus articuler une parole.

Je suis demeurée là, pétrifiée, sans interrompre, sans émettre une explication quelconque. Pourquoi? Peut-être était-ce la meilleure manière d'agir. On n'a pas tout dit à l'oncle Georges!

Abattu, le pauvre homme partit dans sa Dodge, chaussée de pneus munis de chaînes, insouciant des bourrasques de neige. Il se rendait au chevet de sa fille, hospitalisée au dispensaire de Rivière-Héva, une clinique que le gouvernement provincial entretient, comme dans toutes les localités de la région.

Tante Yvonne s'écroula sur le sofa. Il fallut la transporter dans sa chambre. J'ai passé la nuit avec elle, priant, espérant un miracle.

Depuis lors, aucune nouvelle n'est parvenue à la maison. Il n'y a pas de téléphone. L'inquiétude me ronge.

Aujourd'hui dimanche, l'accalmie revient lentement. Dans mon for intérieur, je ressens une culpabilité qui me plonge dans un désarroi inexplicable. Onze heures. Les cloches de l'église sonnent. La grand-messe attend. L'accident ! Des questions inévitables fuseront sûrement de partout.

Tante Yvonne s'avance lentement dans la cuisine. Elle vacille et manque de trébucher. Péniblement, elle reprend son équilibre en s'appuyant sur la table.

Elle me dévisage. Son regard inquisiteur cherche une lueur de vérité. Je sens son désaccord, ce qui annonce une causerie orageuse. La mine flétrie, j'ai du mal à éviter son regard qui me transperce jusqu'au cœur. Debout, j'attends les reproches.

– Pourquoi tu ne m'as pas avertie ? Tu savais qu'elle préparait un coup. Tu l'as protégée... Pourquoi ?

Là, devant cette pauvre mère qui me tient en otage, je ne peux pas répondre. À son retour du bazar, hier au soir, je suis montée dans ma chambre. Je ne voulais pas lui faire de peine. Peut-être était-ce de la lâcheté de ma part, ou l'espoir qu'Alberte revienne. Ce n'est que plus tard, lorsque l'oncle Georges est rentré et que j'ai entendu des hauts cris, que je suis descendue. Je n'ai rien dit, rien pour ne pas compromettre la confiance envers leur fille.

– Ça n'a pas de sens de jouer la comédie, Odile. Vous êtes devenues des amies. Tu savais que ce garçon l'enjôlait, qu'ils allaient partir loin d'ici... Je ne peux pas croire ce qui arrive. Mon Dieu, je vais en mourir de honte...

Elle quitte la cuisine comme elle est venue, tremblante, furieuse que sa fille l'ait trahie. Je doute qu'elle sache qu'Alberte est enceinte. À ce point, sa colère dépasserait les bornes de la raison.

Je quitte rapidement la cuisine. En passant, je décroche mon manteau de la patère, ramasse mes bottes, et sors en courant de la maison. Le froid me frappe le visage. Des larmes coulent en abondance sur mes joues qui s'empourprent. Ne sachant où aller, je cours dans la rue, égarée comme une âme en peine.

J'emprunte l'avenue Centrale. Petit à petit, la confiance me revient. Au coin de *La Grand-Rue*, il y a peu de passants. L'église est à quelques pas. La chaussée est glissante et le vent me tenaille.

Soudain, je sens une main me guider. Fernand Guérin est là, le sourire aux lèvres. Enfin, je retrouve un ami, un fidèle copain qui me soutient dans ce moment de détresse.

« Laisse-moi t'aider », insiste-t-il ; et, d'un geste protecteur, il m'appuie contre lui. Ensemble, nous nous dirigeons vers l'église, tout en longeant les bâtisses.

La chaleur de son bras me réconforte, ce qui me fait oublier la dispute du matin. Son attitude semble compréhensive car Fernand ne pose pas de questions. Le chemin qui reste à parcourir jusqu'à l'église se termine par un raccourci.

– Il vaut mieux entrer par la sacristie. Le curé se prépare pour la messe. Comme ça, il nous indiquera nos places.

Bouleversée, j'hésite. J'ai peur de sa réaction. Il doit être au courant. C'est difficile pour moi de lui parler d'Alberte. J'ignore toute la vérité.

L'air grave et conciliant du curé me rassure. Il nous invite à nous asseoir. Tout bonnement, son regard s'attarde sur moi et, comme si de rien n'était, il s'empare de mes mains et me bénit, un geste qui me surprend.

– J'irai chez vous cet après-midi. Ta tante doit être dans tous ses états. Orgueilleuse comme elle est, elle doit souffrir un vrai martyre. Je ne pense pas qu'elle soit au courant de la gravité des amours de sa fille... Allez rejoindre les autres dans le premier banc. Surtout, partez avant la fin de la messe. Ce n'est pas ma coutume, mais aujourd'hui, c'est nécessaire. Vous éviterez des commentaires.

Nous sortons par la petite porte ; justement un banc est vacant près du confessionnal. Cette messe fut la plus longue de ma vie. La présence de Fernand à mes côtés me donne du courage. Je l'aime bien ce garçon affable, courtois et d'une discrétion impensable.

La Toussaint, un autre dimanche passé dans cette famille. Dans cette région, la routine n'existe pas. Des événements contradictoires, inattendus, se présentent et, tellement inhabituels, qu'une appréhension s'installe en moi. Soudain, je réalise que le destin se manifeste et je dois me soumettre à ses conditions.

Chapitre VIII

$\mathcal{U}$NE nuit angoissante se termine dans cette maison blanche, tapie sous une couverture enneigée. Georges Cloutier gare sa Dodge dans le sentier glissant qui mène au porche vitré du dispensaire. Il est fourbu, rempli de sentiments qu'il ne peut définir, méconnaissables dans son esprit.

Une peur l'assaille ; il est seul. Il n'ose pas frapper. Au même moment, la porte s'ouvre toute grande, comme s'il était attendu. Garde Boucher l'observe. Elle le trouve étrange, d'une apparence inquiétante. Elle l'invite à entrer comme s'il s'agissait d'un patient régulier.

– Le docteur Perras vous verra tout à l'heure. En attendant, débarrassez-vous de votre parka.

D'un geste machinal, elle lui montre la salle d'attente. L'infirmière accueille toujours les patients avec bienveillance, ce qui démontre chez elle une aisance agréable. Par contre, le cas diffère cette nuit : cet homme n'est pas un patient, non, mais un visiteur anéanti par le chagrin.

Georges Cloutier s'assoit de travers sur la chaise de bois afin de se donner de l'assurance. Son cœur bat très fort. Il ne veut pas que la garde s'aperçoive de son malaise. Vivement, il se redresse et l'interpelle d'une voix à peine audible :

– Alberte a-t-elle repris connaissance ?

– Elle reprend le goût de vivre mais, sait-on jamais, une commotion cérébrale peut donner des conséquences tardives. D'ailleurs, le docteur vous expliquera le violent ébranlement qu'elle a subi dans l'accident.

Il acquiesce de la tête, essaie de comprendre les paroles. Inutile, tout est confus dans son esprit. Il se surprend à regarder ses bottes. La boue et la neige s'en détachent, laissant des éclaboussures d'eau sale sur le parquet ciré.

Le médecin apparaît dans l'embrasure de la porte d'une chambre. Il s'arrête quelques instants, puis s'approche du pauvre homme.

– Ça va, Georges ? Je vois que vous êtes épuisé... Je comprends que l'accident vous ait accablé mais, rassurez-vous, Alberte se remet lentement, ce qui est normal... Elle passera quelques jours ici ; il n'est pas nécessaire de la transporter à l'hôpital. Garde Boucher en prendra soin. Et puis, la semaine prochaine, elle continuera sa convalescence à la maison.

D'une façon abrégée, le docteur s'efforce d'expliquer l'état de santé de la jeune fille. Il parle calmement, insiste pour que le pauvre homme ne s'emballe pas. Il verra sa fille plus tard. En ce moment, elle dort et il est préférable qu'elle ne soit pas dérangée.

Il ne mentionne pas d'autres détails. Il doute que le pauvre père soit prêt à affronter un autre choc. Le docteur préfère alléger la douleur. Il lui conseille de dormir sur le lit de camp, aménagé dans l'antichambre. Se tournant vers la garde, il lui fait signe de le suivre. « Ne le renvoyez pas. Il n'est pas en état de conduire. » Sur ces mots, il prend congé, tout à fait ébranlé par cette tragédie.

L'aube se dessine, voilée par un tourbillon de neige. Les nuages mouvants se lient à la clarté qui s'échappe du firmament. Ils se rapprochent lentement de l'horizon terne, au ras de la forêt.

Garde Boucher remarque un changement dans l'attitude de son visiteur. Celui-ci se tient debout devant la baie vitrée, cherchant des yeux quelques indices de l'accident de la veille.

« Pourquoi ? » dit-elle en s'approchant ; vous ne verrez rien de tout ça. Ils ont ramassé la ferraille. Le garage en est plein.

Georges Cloutier ne répond pas. Les vitres sont embuées, presque gelées. Il est difficile d'entrevoir les traces laissées au hasard. Il ne se résigne pas. D'un pas malhabile, il descend le perron et se rend sur le lieu du drame.

Les Quatre-Coins. L'endroit est communément indiqué de cette manière parce que les quatre chemins de la région le divisent. Un village, dressé près de la rivière Héva. Il possède sa petite église, bâtie à la hâte, excessivement froide en hiver. Un prêtre vient y célébrer la messe tous les dimanches.

Il y a également un magasin général où l'on trouve le nécessaire de la vie courante. Un poêle à deux ponts, chauffé de rondins, est placé au milieu de la grande pièce. Pour le confort comme pour l'intimité qu'il procure, les villageois ont l'habitude de se presser autour. Les gens sont accueillants, spontanés et agréables envers les étrangers qui les saluent en passant.

En arrière, il y a une école, quelques classes auxquelles une institutrice s'applique à enseigner les cours du primaire. En somme, le village s'étend. Et enfin, en bordure de la route, se trouve le dispensaire qu'on appelle la clinique de la Garde.

À côté, se situe le garage. Une petite bâtisse bien accessible, où les réparations locales vont bon train. Un mécanicien y travaille en permanence. Les débris des véhicules accidentés de la veille y sont entreposés.

L'heure matinale, brouillée de vent et de neige, n'empêche pas Georges Cloutier d'explorer les alentours. Il retient son souffle. Son regard inquisiteur se pose sur la porte fermée du garage. Il ne doit pas en franchir le seuil. Il s'attarde. La pensée d'y découvrir une vérité qu'il ne peut envisager le fait tressaillir. Il sonde la serrure de ses mains ; la porte cède et s'ouvre.

Un instant de panique : la voiture accidentée n'y est plus. Elle a été ramassée la veille par une remorque qui l'a traînée jusqu'au garage municipal de la petite ville. Il ne reste que quelques débris, entassés ici et là afin de débarrasser la route de tout cet encombrement.

Il imagine l'impact. La voiture écrasée du côté du conducteur. Il détaille l'horrible collision. Le jeune homme n'a pas ressenti le choc. Et, de l'autre côté, sa fille. La banquette poussée en arrière l'a protégée. Elle fut projetée hors de la voiture, gisant inconsciente jusqu'à l'arrivée du sauveteur, Rémi Nantel.

Un silence plane autour du pauvre homme. Farouchement, il repousse du pied quelques morceaux de tôle dispersés. Il referme la porte du garage et revient au dispensaire.

Il y a un moment de silence avant d'entrer. Puis, décidé, Georges Cloutier arbore un air composé. Il se dirige vers la chambre réservée aux patients.

Alberte est réveillée ; elle ne bouge pas. Le père et la fille se regardent. Les années d'affection et d'amour remontent à la gorge. Des larmes ruissellent sur son visage. Sa voix murmure très bas : « Papa, j'ai de la peine ! »

Le père, légèrement penché, laisse paraître sur sa face rougie par le froid une incrédulité inespérée. Sa petite fille le reconnaît... Un miracle. À ce moment, il ressent un flot de bonté infinie. Abasourdi, il ne peut retenir un cri de joie qui vient du fond du cœur.

– Si tu savais comme je suis heureux que tu parles. Ne te fatigue pas. Voici la garde ; elle t'apporte un bouillon.

Il cède la place à l'infirmière afin qu'elle puisse s'occuper d'Alberte. Il tourne en rond, ne sait comment émettre des paroles réconfortantes.

Soudainement, une pensée l'arrête. Sa femme, il l'a complètement oubliée ! Il est dix heures du matin et il n'a pas donné signe de vie. Il s'empresse de vérifier auprès de la garde s'il peut s'absenter quelque temps.

Il fait grand jour. Il règne un air glacial sur *La Grand-Rue*. Dans sa Dodge qu'il conduit prudemment, Georges

Cloutier contourne son coin de rue et la maison verte apparaît. Elle symbolise pour lui sa famille et la récompense des dures années de sa vie. De nouveau, il ressent un malaise. Sa femme l'attend et cela le tourmente.

Les cloches de l'église tintent vigoureusement. Il se demande si Odile est déjà partie pour la grand-messe. Il remarque alors des traces de bottes sur le pavé enneigé, une seule piste, pas d'autres. Sa femme n'a donc pas quitté la maison.

Yvonne, secouée par l'inquiétude, ouvre la porte, puis enfonce ses mains dans les poches de sa veste de laine et crie à fendre l'air :

– Où est-elle ? Tu ne l'as pas ramenée avec toi...

– Non. Elle est bien vivante. Elle est chanceuse, tu sais... Elle a repris connaissance. Le docteur et la garde ont pris soin d'elle. Pas nécessaire de la conduire à l'hôpital.

Et l'emmenant à l'intérieur, il continue : « Cesse de crier comme ça. Viens, nous allons en parler, doucement, sans s'énerver. »

Il fait froid dans la cuisine. Yvonne a négligé le gros poêle. Déjà, un courant d'air froid se répand dans la maison. Georges attise le feu et, en peu de temps, une chaleur douce ramène une tiédeur dans la pièce.

Ils s'assoient l'un près de l'autre. Ils sont émus. De longs soupirs estompent leur chagrin. Troublés, ils s'embrassent, tout en exprimant la même pensée : « Que va devenir notre fille ? »

– Il y a des familles plus éprouvées que nous autres. Après tout, Alberte a agi contre son gré. Ce garçon-là l'a ensorcelée. De ça, j'en suis sûre...

Son mari sourit malgré sa peine. Il connaît sa femme. Elle défend âprement sa famille lorsqu'elle est attaquée. Il l'a soutenue à maintes reprises... Oui, en effet, la pente sera difficile à remonter.

– Le curé va nous aider... Oui, oui. C'est un peu gênant de lui demander. Après tout, s'il avait été plus large d'esprit, Alberte aurait attendu, au lieu de partir en sourdine comme elle l'a fait...

Georges est mécontent, puis se ravise. Son visage de père s'anime ; il réplique :

– Que comptes-tu faire ? Je t'en prie, Yvonne, ne va pas trop loin. Le curé n'aime pas que l'on se mêle des affaires de l'Église.

Sa femme se contente de le dévisager. Elle ne lâchera pas. « Alberte est ma fille. On verra ! » se jure-t-elle.

Alberte respire plus librement. Son père a quitté la clinique, brisé par les émotions. Elle n'a pas voulu l'attrister davantage. Le docteur lui a dit que tout était passé. Évidemment, il n'a pas osé annoncer qu'elle était enceinte. Discret, il s'est hâté de lui dire qu'elle était libre de garder le secret. Plus tard, elle pourrait le divulguer à ses parents, mais il était préférable d'attendre.

Dans son for intérieur, elle n'éprouve aucun regret. Eric n'est plus là. Elle ferme les yeux. Ils ne se verront plus, jamais plus. Et, le petit enfant n'existe plus. Le bonheur n'est pas pour elle. Elle ne peut exprimer ses sentiments de vive voix. Son bel amoureux a tenu promesse jusqu'au bout. Ils s'épouseraient, il l'avait promis.

Sa tristesse vagabonde. Elle le revoit encore au volant de la voiture, souriant, aimant. D'un seul coup du hasard, il disparaît dans l'ombre de la nuit et elle survit !

Elle ne pense pas au lendemain. Au contraire, elle s'attarde sur la mort. Le rituel de la culpabilité s'enlise, la dévore. Elle se sent brisée, envahie par une détresse qui la grise. Sa conscience ne peut prendre une décision... Veut-elle vivre ?

CHAPITRE IX

*L*A tempête se pare de ses atours blanchis par des intermèdes de neige. Une habitude qui ne passe jamais. À pareille date, les rafales apparaissent de nouveau comme commandées par la nature.

La Grand-Rue. La circulation se poursuit à un rythme intensif. Il fait encore jour. Devant l'église, des véhicules arrivent et d'autres partent. C'est un va-et-vient grouillant et agité.

Les paroissiens se pressent afin de ne pas manquer la place de leur choix. Le souper organisé au sous-sol de l'église s'avère être une réussite. L'organisation préfère ne pas divulguer les recettes. On espère amasser une forte somme d'argent pour l'ameublement du presbytère. Le bazar fut, en somme, un immense succès.

Le curé salue tous ses paroissiens, un signe de gentillesse qui n'est pas courant chez lui. Ce soir, il exprime amplement sa satisfaction.

Une ombre surgit au décor : l'absence de la famille Cloutier au souper paroissial. Une tristesse règne dans l'assistance.

On n'explique guère le silence du curé. Probablement que les faits ne sont pas entièrement établis. Il y a eu un mort dans l'accident, mais il n'était pas de la paroisse. Aucun communiqué n'a été émis durant les annonces paroissiales, pas même un mot échappé quelque part. On agit prudemment, comme s'il s'agissait d'une catastrophe douteuse.

On murmure, on bavarde. Évidemment, on omet les principaux détails. Certains discutent du scandale de la veille, sans oublier le sinistre accident. D'autres remarquent l'absence de la cousine à la fête. D'ailleurs, on commente fortement sa présence à la grand-messe, accompagnée du jeune commis de la banque.

Sur un ton enjoué, le curé ouvre la soirée. M. le maire et son épouse président le repas. Tous les invités font un salut respectueux au dignitaire de l'endroit : le curé.

Il n'est pas question de mentionner l'accident. Ce soir est une occasion de célébrer. Il faut écarter les discussions qui, malheureusement, terniraient le travail bénévole et les efforts de la famille Cloutier. Ainsi, la fête débute avec enthousiasme. Les invités évitent tout de même le sujet, ils préfèrent échanger des propos sans intérêt.

Dans la petite maison verte, le chagrin et la peine continuent d'exploiter les moindres détails de cette tragédie. La simple logique qui s'offre à leur douleur est que le Bon Dieu les a frappés durement.

La question se pose : pourquoi ? Si le jeune couple avait attendu au lieu de quitter brusquement la petite ville, le curé aurait trouvé une solution quelconque. Les parents et la cousine n'osent pas dévoiler le fond de leur pensée. Seule, Alberte peut résoudre l'énigme. En ce moment, rien ne peut adoucir leur souffrance interne.

De l'autre côté de *La Grand-Rue*, à l'angle de l'avenue Centrale, le garage Nantel ferme ses portes. Le routier, Jacques Nantel, s'apprête à quitter les lieux. La distance du parcours est au-delà de 300 milles, afin d'arriver à sa destination : Montréal.

La route est un véritable contournement, un chemin sinueux encerclant l'immense territoire du parc de la Vérendrye. Étonnant, ce trajet. Le routier le couvre deux fois par semaine. Pour une première entreprise de ce genre, Transport Express inc. surmonte tous les obstacles jusqu'à date.

Rémi Nantel regarde son frère occupé à faire démarrer le lourd camion. Il l'envie. Il sait que l'expérience et l'endurance sont les qualités requises pour conduire un véhicule aussi formidable que celui-ci. Il s'approche et, tout en plaisantant, lui lance une boutade amusante.

– Laisse faire les orignaux. On ne les a pas tous tués le mois passé... N'empêche qu'ils nous barbent encore. Fais attention. La route est glacée en batêche. Les courbes sont raides à prendre... Et, téléphone-moi à ton arrivée.

Le frère rit à gorge déployée. La main levée, il donne le signal du départ. Sans répondre aux nombreux avertissements que Rémi lui défile, il met en route le mastodonte.

Les roues grincent sur le gravier gelé et repoussent à coup levé la neige accumulée sous les pneus. Comme un éclatant monstre qui s'élance dans un sillon tracé dans la noirceur, il gronde, puis accélère rapidement.

D'un souffle mécanique, il reprend l'aisance du courant d'air propulsé par le moteur. Quel beau dessin écarlate projette-t-il dans la distance ! Petit à petit, il s'éloigne au bout de la route. Il contourne un virage, disparaît dans le noir, ne laissant que l'écho dans la nuit froide.

Rémi se dirige à pas fermes jusqu'au café Goldale, une façon de chasser de son esprit les soucis de la journée. Il ressent toujours une appréhension lorsque son frère le quitte pour la grande randonnée.

C'est un fait indéniable, mais le reconnaître le déprime ; néanmoins, il s'arrange pour s'intéresser à autre chose. Il affiche un sourire avant d'entrer au restaurant. Plusieurs clients sont attablés, discutant sans doute de l'accident de la veille.

Dans un coin, seul à une table, le mécanicien Roger Quesnel semble perdu dans ses pensées. Il remarque Rémi ; d'ailleurs, il vient tout juste de le quitter.

Il est à l'emploi des Nantel depuis le début de leur entreprise. Il avoue qu'il s'y plaît. Il scrute le jeune homme discrètement ; d'une voix forte, il l'interpelle :

– Viens manger un sandwich. Après tout, il est tard et j'ai manqué le souper.

Rémi sourit. Des remarques banales comme celle-ci lui font oublier les dernières heures. «Bon diable de Roger, pense-t-il, exactement ce qu'il me faut en ce moment. »

Le mécanicien tasse sa chaise, invite Rémi à s'asseoir. Sa salopette de travail dégage une odeur d'huile crue qui n'est guère respirable. Tout de même, le jeune camionneur s'installe à ses côtés. Il commande un repas complet.

– C'est toi qui l'a ramassée, la fille du bureau de poste ?

Rémi lève la tête spontanément. Surpris par la question, il répond tout en l'observant :

– Oui, je l'ai transportée chez la Garde. J'ai su qu'elle avait repris connaissance... Dis donc, elle t'intéresse cette fille-là ?

– Non. Oui, c'est-à-dire que je la trouve gentille. Je ne peux pas imaginer qu'elle s'occupe de moi. Elle a son prospecteur qui ne la lâche pas... Je te demande ça, parce que j'aime avoir de ses nouvelles. Écoute, je ne suis pas content de ce qui arrive, mais je peux m'informer.

– Batêche, j'aurais jamais cru qu'elle t'intéressait... Quand je l'ai ramassée, comme tu dis, elle ne valait pas grand-chose. C'était à peine si elle respirait. Plus tard, je suis revenu en ville ; là, j'ai su qu'elle avait repris connaissance. Ah, ça a été toute une histoire. Le père Cloutier a fait une crise au poste de police. Je l'ai reconduit chez lui. À midi, on m'a dit qu'elle prenait du mieux et qu'elle reviendrait à la maison en fin de semaine.

Rémi termine en disant que cet accident-là lui semble étrange. Le mécanicien, songeur, se lève sans prononcer une parole. Il passe la porte du restaurant, suivi de Rémi, obsédé par la déclaration du mécanicien.

CHAPITRE X

*L*A soirée avance. Un dimanche qui s'attarde. Les deux hommes parlent peu. Ils entrent d'un pas allègre dans la salle comble de l'hôtel Prince. Le bar est une pièce mal éclairée, inondée d'une fumée bleuâtre. Une odeur nauséabonde s'en détache.

Des hommes et des femmes attablés s'amusent, boivent. En somme, c'est un endroit où flottent continuellement des remarques désagréables, pas nécessairement un bordel, simplement un endroit public qui attire le contact humain. Évidemment, ce tapage provoque des étincelles entre les clients. Tôt ou tard, une bagarre éclatera.

Assis au bar, buvant un whisky, le gros Brady ne sait plus à qui s'en prendre. Exaspéré, le cerveau réchauffé, il calcule. Une malice en ressort soudainement. D'un geste tapageur, il lance un défi : « Qui veut tirer du poignet avec moi ? » Rémi Nantel songe à le relancer. Il hésite ; une femme retient son attention. Une grande blonde, dans la trentaine, joue des hanches, cligne de l'œil et, en plus, avale d'un trait le blanc qui traîne dans le fond de son verre.

– V'là Grace, toujours aussi pompette. Regarde-la, Rémi, elle te fixe. Tu vas l'avoir dans les bras sous peu.

Roger Quesnel l'a reconnue. Une femme d'un certain âge, recrue de fatigue et qui se tient lourdement debout. Son visage est creusé de rides, marqué par les intempéries de sa vie aventureuse.

« Allô chum ! » dit-elle en se précipitant vers la chaise libre, prête à s'affaisser. « Paie-moi un coup, j'ai soif. Toi, le gars riche, t'as les moyens... » Elle s'exprime d'une voix mielleuse, en tenue légère, les yeux gonflés par l'alcool. Rémi fait signe au barman et commande trois whiskys à sa table.

Une scène impromptue éclate comme un coup provoqué par un « blast » souterrain. Le gros Brady écarte tout sur son passage et s'attaque violemment à Rémi. Il le bascule de sa chaise et, sans cérémonie, l'envoie au plancher... Après quoi, il se mouche et prend soin d'essuyer sa moustache. Rémi n'a pas prévu ce geste inattendu. Il se lève, étourdi, essaie de réagir afin de reprendre ses sens. Il ressent une douleur à la tête, tel un choc électrisant.

Puis, se traînant jusqu'au comptoir, il s'agrippe au bar. Déjà le gros Brady le ramasse, le tient solidement et lui assène un coup de poing au visage. Rémi fléchit sous l'impact. Ses genoux plient, il s'accroupit aux pieds de son agresseur.

Il n'a plus connaissance de rien. Le sang coule lentement, se coagule à mesure qu'il se répand. Roger, éberlué, recule jusqu'à la porte de derrière. Il cherche une issue afin de sortir son compagnon de ce carnage endiablé.

Grace vient à la rescousse. Elle lui offre d'emmener Rémi à sa chambre, située à l'étage au-dessus du bar. Roger, épuisé, accepte, même si l'offre n'est guère appropriée. Il ne peut pas refuser, dans l'état où se trouve Rémi. La blessure au visage risque de s'infecter; il faut la traiter le plus tôt possible.

Ce n'est pas dans ses habitudes de passer une nuit en compagnie d'une femme de faible vertu. En tout cas, il réfléchit. Le temps n'est pas propice à traîner Rémi jusqu'à la maison familiale.

Le froid persiste toujours. Roger est un homme trapu et fort, mais il n'est pas un hercule pour porter le blessé jusque chez lui. Alors, il se résigne. Lui et la femme supportent le pauvre Rémi, inconscient. Ils montent le piteux escalier, le déposent sur un lit dans la chambre accommodante de la grande blonde.

– C'est une vraie honte ! crie avec ardeur le mécanicien. Je me demande comment je vais faire pour le sortir d'ici.

– T'en fais pas, il va dormir. Tiens, v'là de l'eau, du peroxyde et de la ouate. Arrange-lui la face... Le gros Bray va me chercher. Et pis, je ne veux pas être mêlée à cette affaire-là. Je les connais, les Nantel. Ils vont me tuer...

Elle dévale l'escalier à la course. Elle retourne à son travail : attirer les hommes à boire et, plus tard, les emmener dans une chambre. C'est comme ça, et fouiller leur portefeuille à sec et, par la suite, le gros Brady s'arrange avec le reste. Un drôle de métier pour une femme hébergée au loin, par un ivrogne de mari.

L'hôtel Prince, le rendez-vous des étrangers. Des gaillards qui parcourent le Nord où, finalement, ils trouvent du travail dans les mines. Ces hommes viennent d'une autre province ; ils sont hardis et batailleurs. On les appelle LES SCOTIAS.

Le lendemain de la veille ! Un drôle de réveil, surtout qu'il assomme le jeune homme. Il s'avoue vaincu ! Il se rappelle très peu la bagarre, seulement que Roger l'a aidé à revenir à la maison. Ses parents dormaient à son retour. Ils se couchent tôt habituellement. Hier, dimanche, la soirée paroissiale les obligea à rentrer tard. Rémi n'entend aucun bruit dans la cuisine. Probablement qu'ils sont au travail, au garage.

L'entreprise familiale est administrée par le père Jos, la mère Rosa, la comptable attitrée, et les deux garçons, Jacques et Rémi. Un commerce de transport routier qui leur convient parfaitement.

Leur maison est située en face de l'immense garage. Elle a été bâtie récemment. Un large pignon couvre le seul étage. La structure de cette maison leur rappelle une autre maison, quelque part au sud de la province, un souvenir indéniable de leur patrimoine.

Une véranda la contourne, lui donnant un cachet édifiant. La famille Nantel, unie, se conforme aux exigences locales. Malheureusement, leur premier camp fut détruit par les autorités gouvernementales. Le déménagement et la démolition du village voisin, par la suite, les contraignirent à trouver refuge dans la petite ville.

Après mûre réflexion, la famille Nantel laissa tomber ses griefs, son désappointement et décida d'y demeurer. Évidemment, le labeur et la persévérance, les principaux atouts du succès, provoquèrent leur réussite. Le coup d'épaule donné, la famille s'évertue aux dures implications qui affrontent le dangereux métier du camionnage.

Aujourd'hui, la famille possède une franchise de transport routier : **Transport Express inc.**

Encore sous l'effet de la raclée reçue par le gros Brady, Rémi se demande si ses parents vont le sermonner pour cette folie qui le prend de temps en temps. Après tout, le goût de se quereller n'a jamais posé problème. Cette fois-ci, la différence le trouble. Que s'est-il passé dans la chambre de la grande blonde, la nuit dernière ?

Ce matin, il se réveille tard. Il a une migraine. Il regarde la chambre s'éclairer avec le lever du jour. Il n'ose pas penser plus loin que l'heure suivante. Roger est venu le chercher avec son camion de service et l'a ramené à la maison. Outre ce déplacement, sa mémoire n'extrait pas les méfaits de la nuit passée.

« Ouf ! Quelle écœurante secousse ! J'ai l'air d'un bœuf qui a frappé une clôture. Ma face, mon œil ! Batêche ! Ça a pas de bon sens... Je ne peux pas me montrer, arrangé comme ça. »

Le miroir n'est guère sympathique à ce pauvre Rémi. Son visage trahit les coups durs des dernières heures. Il parie que la petite ville est au courant de la bagarre autant que de l'accident du samedi soir.

Péniblement, il se lève et tente de s'orienter. Ses idées se brouillent. Soudain, il redevient lucide. Un lundi matin ! La livraison des marchandises entreposées doit être faite ce matin ! Il se hâte. Avec un peu de diplomatie, tout peut s'arranger. Il doit rejoindre Roger au garage et, qui sait, Jos Nantel fermera peut-être les yeux sur le retard de la livraison... Sa mère, Rosa Nantel, ne l'oubliera pas !

CHAPITRE XI

*L*A température ne s'améliore pas. Quelques rafales persistent. La neige s'effiloche, ce qui rend la circulation difficile. Les passants se font rares. Des véhicules roulent lentement, et avec prudence. Tout paraît morne et délaissé. Une ombre de tristesse plane sur *La Grand-Rue*, s'infiltre dans les bâtisses. Les habitants se saluent à peine à cette heure matinale de la journée.

Depuis, la gelée a durci la terre. Lundi, vers les huit heures, des nuages encombrants, venant du nord-ouest, affrontent sans résistance la neige. Le ciel assombrit la matinée.

Roger Quesnel se souvient de la fin de semaine. Il n'a guère dormi cette nuit. L'autre nuit l'avait complètement enveloppé dans un sommeil lourd. Le choc de l'accident le maintenait dans une réalité confuse. Ce matin, il tente vainement d'oublier, de s'éloigner de ce carnage qui ne cesse de le tourmenter.

À son arrivée au garage, son patron, Jos Nantel, l'approche subitement. Il est préoccupé, plutôt agressif. La voix autoritaire, le regard furtif, il lui ordonne de se hâter.

– Prends le camion de service et va livrer la marchandise au 15 cents. Je suis certain qu'une commotion existe là-bas. Lebel doit être surchargé d'ouvrage... Vas-y, les paquets sont en place, en arrière. Tiens, v'là la feuille de livraison.

Il est étonné, mais pas surpris : il a coutume de remplacer Rémi. Souvent, celui-ci s'absente pour des livraisons de route. Aujourd'hui, tout est différent. Il n'ose pas commenter. Le patron n'est pas d'humeur à discuter davantage.

Roger stationne son camion en face du magasin de 15 cents. Il apparaît clairement que les locaux, incluant le bureau de poste, sont occupés. Évidemment, on se presse aux informations. Ce matin, l'endroit le plus achalandé de la petite ville est le lieu des renseignements tragiques de la fin de semaine.

Personne ne le remarque. Il porte les colis à l'arrière du magasin, une pièce attenante au bureau de poste. Le cœur battant, il s'avance afin de constater que le siège d'Alberte est inoccupé. Visiblement ému, il se balance d'un pied sur l'autre, respire fort et s'informe candidement au maître de poste : « Alberte, comment est-elle ? » M. Lebel le tasse rapidement afin de se frayer un chemin. Il ignore totalement le mécanicien.

Roger s'empresse de quitter la pièce sans ajouter une autre parole. D'un pas fuyant, il se dirige vers la sortie, tremblant d'une émotion incontrôlée.

Sûrement, il a commis une gaffe. «Plus tard, je reviendrai, se dit-il. C'est trop tôt pour connaître l'état de santé d'Alberte. Seigneur, faites qu'elle s'en sorte le mieux possible!»

De l'autre côté de la rue, l'hôtel Prince s'élève comme une boîte à surprise. Il n'offre aucun attrait : trois étages seulement. Les deux parties supérieures sont des chambres individuelles. Le rez-de-chaussée, où est situé le bar, l'endroit anonyme pour tous les habitués, regroupe une clientèle disparate. Des immigrés, des réfugiés que la guerre a expédiés vers le nord de la région sans frontière.

Dans l'embrasure de la porte d'entrée, une femme, grande, blonde, l'allure aisée, attire l'attention de Roger Quesnel. Il la reconnaît. Elle lui fait signe. D'un pas rapide, la femme traverse *La Grand-Rue.* Elle ouvre la portière du camion et lui remet un porte-monnaie.

– Aie ! T'es pas Nantel... Ça fait rien. Tu lui diras que j'ai pris un dix piastres... Non, non. Y s'est rien passé. C'est pour le gros Brady. Y faut que je charge quand même. Et puis, Nantel, c'est lui qui a ramassé la fille du bureau de poste, l'autre soir après l'accident ?

Roger acquiesce de la tête, se raidit sur son siège et l'invite à s'asseoir près de lui, sur la banquette du camion.

Elle continue son monologue sans interruption.

– Ouais. Le propriétaire de la station White Rose est venu au bar-salon après que t'es parti, hier au soir.

Il dit que c'est pas un accident, cette affaire-là... Le char du gars qui est mort n'a pas été réparé, comme prévu. Samedi soir, il était pressé. Il a fait ouvrir le garage par le jeune qui pompe du gaz. Comme de raison, le gars a cru que les réparations avaient été faites. Sans s'informer, il est parti en vitesse, son char pas réparé !

– Qu'est-ce que tu chantes là ?

– C'est vrai... Tu me crois pas. Demande au propriétaire du garage. Y est tout à l'envers. Penses-tu qu'il aime ça... On va le questionner. C'est ce qu'on dit à l'hôtel.

Roger est dans un état de vertige. Il balbutie quelques mots puis, se tournant vers la femme, la saisit par les épaules et la pousse hors du camion sur le trottoir verglacé.

– Raconte pas ça à personne d'autre ! T'as compris ?

Il se ressaisit tout à coup. Sa tête se gonfle d'idées improbables. Personne jusqu'ici n'a mentionné pareille hypothèse. Que se passe-t-il ? Il ôte ses gants, dénoue son écharpe. Une chaleur intense lui monte au visage. À cet instant, il croit que sa vision disparaît subitement.

« Il ne faut pas que ça arrive. » Pour en finir au plus vite, il met le camion en marche, fait grincer les roues arrière et s'éloigne vers la station de gaz White Rose. Après mûre réflexion, il oblique vers le garage municipal.

L'isolement est complet. Les employés sont à l'ouvrage, quelque part dans la petite ville. La tempête de la fin de semaine a ravagé les tuyaux de service. Le contremaître a disparu comme par enchantement. Seul, le poste de police demeure l'endroit disponible. Réticent, Roger Quesnel débarque du camion et enjambe le tas de neige devant l'entrée. Hésitant, il se présente au comptoir de réception.

Un agent de la police provinciale l'attend. Les traits durcis, excessivement tendu, il lui dit d'une voix saccadée :

– T'es justement l'individu qu'on recherche !

– Moi. Pourquoi ?

– Entre dans le bureau du chef de police. J'ai des questions à te poser.

Effrayé par l'inquisition qui paraît imminente, Roger Quesnel obéit sans objections.

Confortablement installé dans le fauteuil du chef de police, l'agent provincial détaille le jeune homme comme un témoin important. Il lui fait signe de prendre place en face de lui.

– La journée de samedi dernier, où l'as-tu passée ?

– Au garage chez Nantel. Ensuite, je suis allé à la taverne prendre une bière. Et puis, j'ai traversé la rue pour saluer Cadrin.

– Cadrin, c'est le propriétaire de la station de gaz White Rose ?

– Oui. On a parlé de n'importe quoi. Surtout de ma nouvelle job, chez Nantel.

– Cadrin, lui, que faisait-il dans le garage? Travaillait-il sur un véhicule?

– Il avait commencé, mais il n'avait pas reçu les morceaux commandés pour remplacer les morceaux brisés. Il a dû laisser le travail sur le char. Pas de morceaux, pas de réparations!

– Étais-tu au courant sur quel véhicule il travaillait?

– Ben sûr, celui qui a eu l'accident, samedi soir dernier!

L'agent prend une cigarette, l'allume et pousse le paquet en avant sur le bureau. Roger refuse. Il est nerveux, ressent une affreuse certitude qu'il est sur le point d'être inculpé. Il serre les lèvres, se retenant d'avouer son inquiétude.

L'agent regarde le jeune homme avec son air rébarbatif habituel. Il continue sur le même ton.

– Tu connais Eric Saunders? Au fait, t'as eu une engueulade avec lui, la même journée.

Roger Quesnel s'efforce de prendre un ton désinvolte.

– Ça, c'est pas de vos affaires.

Soudain, il commence à se sentir mal à l'aise. Il sent la sueur mouiller son front.

– Tout est de mes affaires. Tu l'as bousculé. Tu l'as accusé d'avoir volé ta blonde, Alberte Cloutier. Tu ne réponds pas ? T'as voulu le battre, c'est là que Saunders a quitté la station de gaz. Cadrin a tout entendu, il a même confirmé son départ. En plus, il t'a demandé où était la commande de morceaux. C'était urgent. Ton patron, Jos Nantel, le propriétaire de Transport Express, les avait reçus la veille. Tu devais les livrer le samedi matin de bonne heure. Tu ne l'as pas fait, pourquoi ?

Le mécanicien blêmit. Il se lève lentement, trébuche quelques pas et pose ses mains tremblantes sur le bureau.

– C'est un accident. Les « breaks » n'ont rien à faire avec tout ça.

– L'enquête révèle que les freins étaient défectueux. Ils devaient être remplacés et ils ne l'ont pas été. L'accident aurait pu être évité. Le chauffeur a fait une fausse manœuvre, c'est évident. Il n'est plus là pour nous le raconter. Malheureusement, le chauffeur est mort et sa compagne repose dans un état critique à la clinique de Rivière-Héva… Je dois te garder comme témoin important… Tu occuperas la cellule jusqu'à nouvel ordre.

– Vous allez me mettre en prison ? Je vous dis que je n'ai rien fait de mal.

Le pauvre jeune homme n'a plus de contenance. Il s'affaisse sur sa chaise, tout ébranlé par la décision de l'agent.

La tête penchée, les épaules enfoncées, il sanglote comme un enfant.

En principe, l'enquête du coroner exige des témoins des faits qui entourent le mystérieux accident. Roger Quesnel est le principal atout que possède le policier.

– J'vais rester longtemps enfermé dans cette cellule-là ?

– Jusqu'à demain matin. Là, on t'emmène à Amos, le chef-lieu du comté, pour l'enquête du coroner ; ensuite, la justice décidera.

Il avait dormi comme une souche dans la nuit du dimanche, émotionnellement épuisé par le terrible accident. Il s'était réveillé le matin avec un sentiment d'une extrême appréhension. Il avait joué avec le destin : se débarrasser de Saunders. Il n'avait pas prévu que sa chère Alberte accompagnerait le prospecteur. Dans un éclair, le visage serein de la jeune fille repasse devant ses yeux, laissant un air de frayeur permanente. « Elle ne me pardonnera jamais ! »

L'agent se dirige vers le jeune homme et, d'un geste bref, lui passe les menottes.

– Je dois agir ainsi. Après tout, le prospecteur de la mine s'est tué d'une façon douteuse. Le gérant de la mine demande une enquête et ça, mon homme, il faut obéir. C'est la loi !

Chapitre XII

L'ARRIVÉE tardive de Rémi Nantel au garage, attendue avec impatience, n'arrange pas l'humeur du patron. Jos Nantel regarde son fils, fait une grimace en remarquant le visage gonflé, marqué d'ecchymoses. « Une autre bagarre, se dit-il. Qu'importe, j'ai autre chose à régler ce matin. »

– Roger Quesnel s'est fait arrêter par le chef de police. Il a laissé le camion de service au poste. Dépêche-toi d'aller le quérir... Ça presse.

– Comment ça, arrêté ? Qu'est-ce qu'il a fait ? Batêche ! Ça, c'est du nouveau !

– J'connais pas toute l'histoire. Écoute, mêle-toi pas de ça. J'peux pas y aller. Prends tes jambes et cours le chercher au plus vite...

Le jeune homme, étonné par la nouvelle, ne bouge pas. Il regarde son père gesticuler, là, au milieu de la cour. Des tas de neige refoulés ici et là laissent à peine un espace pour circuler. Il s'apprête à le suivre afin d'en savoir davantage. Inutile, celui-ci accélère le pas.

Rémi s'immobilise, cherchant vaguement à comprendre. Roger, un mécanicien pourtant dévoué, appréhendé par la police. Et son père qui refuse de lui fournir des explications, qui l'oblige à récupérer le camion le plus tôt possible. Sans plus imaginer une raison plausible, il se dirige vers le poste de police, à l'autre bout de *La Grand-Rue.*

Au milieu de la rue, il s'accroche à la charrette du père Lanctôt qui se hâte de livrer du bois de chauffage à ses nombreux clients.

– T'as le souffle court, lui crie le charretier, tout en fouettant sa jument. T'as trop bu hier au soir au Prince.

Rémi se retient pour ne pas répliquer. La boutade du vieil homme lui rappelle d'autres incidents semblables. Et, d'un commun accord, son père va sûrement en commenter au souper. Il chasse cette pénible image de son esprit et tente de se concentrer sur Roger Quesnel.

Au bout de la rue, il descend de la charrette. Il remercie vivement le père Lanctôt et se précipite vers son camion, toujours stationné devant le poste de police.

Les portières sont fermées à clef. Il regarde par la vitre givrée. À sa grande stupéfaction, il voit son porte-monnaie gisant sur la banquette. Il fronce les sourcils.

Comment se fait-il que Roger Quesnel soit en possession de son porte-monnaie ? Comment se fait-il qu'il ne le lui ait pas remis hier, ou plutôt la nuit dernière, lorsqu'ils se sont quittés ? Au même moment, un policier l'approche et lui remet les clefs de son véhicule.

– Tu fais mieux de l'enlever d'ici, on a besoin de la place pour déneiger la rue. T'es chanceux que le chef ne l'ait pas remisé en arrière, dans la cour. Ça coûte une amende pour le sortir de là.

Rémi Nantel est stupéfait. Tout se passe d'une façon étrange. Il interpelle l'agent, mais celui-ci est déjà retourné à l'intérieur, le laissant bouche bée sur le trottoir glissant.

De retour au garage, il constate que les gens entourent son père, le bombardant de questions gênantes. Attendu que Jos Nantel ne peut se permettre de commentaires personnels, il y a un silence. Puis, il s'éclaircit la gorge et dit avec un soupir de suffisance :

– Je ne sais pas quoi ajouter. Mon mécanicien, Roger Quesnel, est un bon employé. S'il a des ennuis avec la justice, veuillez en discuter avec la police.

Il marque une pause en voyant son fils dans l'embrasure de la porte du garage. Soudain, il se rappelle les propos de ce matin.

– Viens par ici, nous allons mettre les choses au clair. Il ne faut pas que les autres entendent ce que je vais te dire...

Jos Nantel lui parle toujours ainsi lorsque de graves problèmes se posent. Ils se retirent à l'écart. Cette fois, il y a une intonation dans sa voix autre que des réprimandes, ce qui rassure passablement Rémi qui s'attend à une discussion interminable.

– Tu t'en doutes. C'est au sujet de Roger Quesnel. Le chef de police est venu me voir ce matin. Roger est responsable de l'accident du prospecteur, samedi soir dernier !

– Comment ça, responsable ? s'écrie Rémi avec véhémence.

– Le chef n'a rien expliqué, seulement quelques détails. Ensuite, il m'a averti d'enlever mon camion de devant le poste de police.

Rémi se tait quelques secondes, marche vers son père, puis reprend :

– Où est-il ? Qu'est-ce qu'il a fait ? J'veux l'aider.

– Non, mon gars. Tu ne peux rien faire pour lui. C'est grave. La police a des preuves et ça, c'est assez pour l'emmener à Amos.

– Il est en prison ! Ça a pas de bon sens ! Tenez, même hier au soir, il s'informait si j'étais l'homme qui avait transporté Alberte à la clinique...

Et de là, une idée fulgurante lui traverse l'esprit. « Batêche ! Roger est en amour avec Alberte Cloutier. En v'là toute une histoire. »

Le père parle à voix basse. Tout un monde s'est rassemblé autour d'eux. Il entraîne son fils et tous les deux se dirigent vers la maison, ce qui semble plus rassurant pour le moment.

Discrètement, chemin faisant, Rémi tâte la poche de son parka afin de vérifier son porte-monnaie. Il le déplie et constate qu'un petit carton est inséré avec les dollars. Il voit un portrait d'une jeune fille blonde aux yeux rieurs. Il le retourne et lit clairement : « À toi, Grace. »

CHAPITRE XIII

Mi-NOVEMBRE prend les devants. La famille Cloutier s'habitue à la tournure des événements passés. Alberte est de retour à la maison. Morose, taciturne, elle se languit. Sa convalescence s'éternise. Elle ne sait plus la contenance qu'elle doit adopter à l'égard de sa famille.

Tante Yvonne lui parle peu. À certains moments, elle lui démontre une compréhension mal déguisée. Il est rarement mention de l'accident et de son départ précipité. Quand la situation s'y prête, discrète, Alberte opine la tête comme pour marquer une indulgence. Tante Yvonne ne peut exprimer quoi que ce soit de joyeux. Elle a un regard pénétrant qui foudroie la pauvre fille, ce qui rend l'intimité entre la mère et la fille intolérable.

Je suis troublée par cette attitude aiguisée de remontrances. Quelquefois, je me sens prise dans un piège. Souvent, je m'éloigne de la maison, cherchant à m'évader, à oublier le passé tragique qui nous a bouleversés.

Au travail, une parente de Mme Lebel remplace Alberte. Une jeune fille plaisante, gentille, qui se plaît à son nouvel emploi. Présentement, elle habite chez les Lebel, ce qui est préférable, car elle demeure au loin.

Elle est devenue pour moi une compagne agréable, ce qui rassure les Lebel. On se rencontre au restaurant. On parle de mille et une choses, puis on va au cinéma ensemble. Et les jours raccourcissent de plus en plus.

Rencontre inévitable, elle est due. Au restaurant, nous voici donc attablées à la table voisine de Rémi Nantel. Il possède un sourire taquin, confiant. Je lui jette un coup d'œil. Je baisse la tête, gênée peut-être. Ou est-ce là un désir d'être coquette ?

Une sorte d'instinct m'avertit d'être prudente. Le voici qui se déplace et vient nous rejoindre. Candidement, il s'invite à s'asseoir et commande un breuvage.

Je le regarde, les yeux légèrement levés vers lui. Son attitude cavalière m'inquiète tout à coup. Sur son visage hâlé, une douce expression se dessine, ce qui le rend irrésistible. Et, comme pour se donner de l'assurance, son regard attachant se lie momentanément à mes yeux, à mes lèvres...

– J'aimerais t'inviter un beau soir à sortir. Y a un bon film au théâtre Royal... On pourrait y aller ensemble ?

Sa voix chaude et insistante me désarme. Je ne sais plus quoi répondre. Il ne tient pas compte de mon

hésitation. Déjà, il s'impose, comme il le fait habituellement.

– Je passerai te prendre ce soir, vers les sept heures.
En même temps, je saluerai Alberte...

Et il repart, content, satisfait de lui-même, de m'avoir
conquise aussi facilement. Pendant tout ce temps, mon
amie Doris, abasourdie par cette causerie inusitée, lève
les mains en signe de protestation !

De retour au magasin, Fernand Guérin est là qui
m'attend patiemment. Il est toujours le parfait compagnon
qui me comprend, mais son attitude m'agace. Il y a
sûrement de la complicité dans l'air. Tout en me fixant,
il me rappelle :

– Je ne veux pas te brusquer, le bal de la Croix-Rouge
est en marche. C'est un événement social qui attire une
centaine d'invités, d'ici et d'ailleurs. Le temps approche,
il faut faire vite... Le gérant de la banque m'oblige à le
représenter, et je pense que tu es la jolie fille pour
m'accompagner.

Je suis dépassée par les paroles d'un garçon aussi
gentil, aussi galant. C'est vrai, ce bal me tente énormé-
ment. Cela sera ma première sortie dans le grand monde,
comme on le dit par ici. Sous réserve, j'avoue que la
situation actuelle me paraît imprévue, mais vivement
j'accepte.

— Tu es toujours aussi gentil avec tes compliments. C'est toute une occasion ce gala. Il faut être habillée en tenue de soirée, Mme Lebel l'a mentionné. La robe longue est de rigueur, une coiffure raffinée et, en plus, un cavalier de choix. Et toi, tu es le cavalier qu'il me faut. Oui, je t'accompagne et avec grand plaisir. Maintenant, retourne à ton bureau et laisse-moi travailler.

Je retourne à mes comptoirs, émerveillée à la pensée d'un bal auquel je n'aurais jamais imaginé participer, comme dans les livres de mon enfance.

La noirceur s'étend vite sur la petite ville, bien avant l'heure du souper. Les lampadaires éclairent, mais pas assez pour retrouver le sentier qu'il me faut traverser.

Alberte soulève le rideau du salon. Elle épie les rares passants, cherche ma silhouette de l'autre côté de la rue. La journée passe devant elle, interminable. Ma présence au repas du soir lui apporte une chaleur humaine qui n'existe guère dans cette maison. Elle est toujours triste. Lorsqu'elle m'entrevoit, ses angoisses se dissipent pour un bout de temps. Ce soir, je lui apporte une lettre. Doris me l'a remise avant de quitter le magasin.

À mon arrivée, Alberte me sourit. Craintive, elle n'ose pas me questionner sur mes activités de la journée. Je lui tends la lettre. À ce moment-là, ses yeux s'agrandissent de surprise. Elle la prend et, vivement, disparaît dans sa chambre.

Tante Yvonne s'affaire dans la cuisine. L'oncle Georges attise la fournaise nouvellement installée dans la cave. Temporaire, ce tonneau qui sert de chauffage durant les mois rigoureux de l'hiver.

Je monte à ma chambre. Heureusement, la chaleur se maintient. Je m'y enveloppe comme dans une couverture de laine que ma mère crochetait déjà, il y a longtemps.

Cette sortie avec un jeune homme que je connais à peine me donne la frousse. Je le trouve emballant. À bien y penser, il est temps de participer à des événements gais et heureux.

Je passe la nouvelle robe que je me suis achetée dernièrement. Dans cette région, le tissu épais confectionné avec élégance donne de l'ampleur à un style qui m'avantage. Je brosse mes cheveux vigoureusement, afin d'en faire ressortir un lustre brillant. Enfin, je me regarde dans le miroir de la commode, tout en découvrant que j'ai changé ; je suis « éblouissante ». Une apparence de fraîcheur et de distinction que me renvoie le miroir, et j'en suis ravie !

L'angélus sonne. L'heure du souper rassemble la famille. Je descends lentement le menu escalier. Tante Yvonne lève la tête, s'arrête et s'écrie tout haut :

— Tiens, notre Odile décide de sortir ce soir. J'pense que Fernand va être content de te voir aussi belle.

— Non, ce n'est pas Fernand... Un autre garçon que vous connaissez bien : Rémi Nantel. Il m'emmène au cinéma.

Toute une confusion s'ensuit. Il y a une mobilisation totale. Les trois personnes, stupéfaites, en ont le souffle coupé. Alberte se ravise et s'exclame d'une voix chaude et sympathique :

— Je trouve ça magnifique ! Rémi est un garçon plein d'entrain, toujours prêt à rendre service...

Et de là, les paroles ne sortent plus. Je m'élance vers elle, l'entoure de mes bras et lui murmure : « Il vient te saluer, démontre-lui un air de gaieté de cœur. Il en sera content. » Elle hoche la tête en signe d'abnégation. Le souvenir persiste !

Tante Yvonne, choquée, n'approuve pas ma sortie avec un jeune homme qu'elle connaît à peine. Au fait, elle ne peut retenir son indignation :

— Georges, je ne peux pas permettre à Odile d'aller au cinéma avec ce garçon. Il n'a pas une bonne réputation. Tu sais, j'entends parler de lui au cercle des Fermières. On dit qu'il court après toutes les filles. Et puis...

L'oncle Georges se lève précipitamment de sa chaise. Il ne peut plus tolérer les récriminations de sa femme. Il est complètement dévasté. Ainsi, il évite les propos malfaisants concernant Rémi Nantel ; il disparaît de la cuisine.

Au même moment, la sonnerie de la porte d'entrée résonne. Le souper n'est pas encore terminé. C'est le comble de la surprise.

Alberte se détache de mes bras et court ouvrir. Sans la moindre retenue, elle embrasse Rémi Nantel de toutes ses forces. Son geste éclate, laissant jaillir toute la reconnaissance qu'elle lui doit, ce qu'elle n'avait pas eu l'occasion de lui prouver depuis le tragique accident. Gêné par l'effusion que lui démontre Alberte, il la retient auprès de lui. Il la détaille afin de s'assurer qu'elle est bien vivante. La dernière fois qu'il l'a vue, elle gisait sur le bord de la route, inanimée. Il l'avait portée dans ses bras jusqu'à la clinique. « Ah ben, tu as passé un mauvais moment, ma belle. J'suis content de te revoir, pleine de vie ! » Pauvre garçon, trop ému pour en dire davantage, il s'éloigne d'elle. Alberte ne peut retenir ses larmes ; elle s'enfuit vers sa chambre, nous laissant seuls avec tante Yvonne.

CHAPITRE XIV

*L*E théâtre Royal est situé à une rue de la maison, c'est-à-dire une avenue en arrière de *La Grand-Rue*. Rémi Nantel suggère de marcher jusque-là. Son camion garé devant la maison ne nuit pas au va-et-vient de la circulation. Sa proposition me plaît ; d'ailleurs, elle est appropriée pour une première sortie.

– Il faut profiter du beau temps. Bientôt, la neige s'empilera, et nous resterons en cage tout l'hiver.

La déclaration subite de tante Yvonne m'exaspère. Elle change d'avis ainsi, c'est une caractéristique chez elle. Je n'ajoute rien à ce commentaire. Tante Yvonne soupire. Des banalités de la sorte se dissipent rapidement lorsque je l'ignore.

Pressée, je rejoins Rémi, ayant soin de me vêtir chaudement. Nous souhaitons une bonne soirée à tante Yvonne et nous quittons la petite maison du coin, recouverte de bardeaux verts. Elle se distingue des autres, cette maison. En ce moment, les personnages qui l'habitent se retrouvent dans une période de silence et de deuil. Évidemment, je suis heureuse de m'en évader pour quelques heures. Le trajet se fait sans presque parler. Mon compagnon est attentif, me soutient afin d'éviter une chute. Le sol gelé est glissant et dangereux. Un silence s'établit entre nous. L'accueil chaleureux d'Alberte l'a affecté. Après tout, l'inexplicable présence de la jeune fille dans la voiture accidentée l'a sûrement troublé. Et, de la voir devant lui, vivante et reconnaissante, ne diminue pas ses doutes à son égard !

À l'intérieur du théâtre, tout ressemble à un autre monde. Nous sommes en retard, le film est déjà commencé. C'est un western. Les gens d'ici préfèrent ce genre d'aventure. Il est vrai que la petite ville s'identifie à des endroits primitifs de l'Ouest canadien. Quelques-uns disent parfois : « Il ne manque que deux chevaux attachés à une barre devant les maisons de commerce pour compléter le tableau. »

La présence d'un garçon à mes côtés me donne de l'importance. Dans la pénombre, je distingue d'autres couples. Ils sont affairés à se caresser, à s'embrasser, ce qui m'étonne. Auparavant, je venais au cinéma avec Doris et je ne remarquais pas l'entourage. Ce soir, c'est différent. Peut-être suis-je devenue sensible à certaines émotions ?

Rémi demeure coincé sur son siège. Il me regarde de côté puis, délicatement, prend ma main et la serre dans la sienne. Instinctivement, je tourne la tête et rencontre son regard doux et caressant. Je ressens une chaleur fortifiante. Mon corps se détend et mon cœur bat rapidement.

Nous demeurons ainsi quelques instants. Doucement, il se penche et effleure mes lèvres, sans que je m'éloigne de son visage. Un premier baiser qui se pose sur mes lèvres assoiffées, soulevant un désir jusqu'ici inconnu. Je pose ma tête contre son épaule, enivrée de tendresse par son geste câlin.

Le film terminé, les lumières s'allument brusquement. Je suis gênée mais souriante, admirant ce gaillard beau et fort à mes côtés.

La sortie se fait rapidement. Le froid nous saisit. On s'empresse de retrouver la chaleur du petit café attenant au théâtre.

Rémi commande deux cafés et des gâteaux. Il mange avec appétit, vide son assiette et boit son café tout en regardant autour de lui. Puis, s'approchant de mon visage, il me dit d'une voix grave :

– Je veux te parler de Roger Quesnel. Nous avons témoigné à son procès, le père et moi. Il a avoué sa négligence. Il n'a pas livré la marchandise destinée à la réparation des freins sur le char d'Eric Saunders. Il a délibérément menti à Cadrin quand il a su que la commande était pour Saunders.

– Pour quelle raison a-t-il menti ? C'est épouvantable de faire une chose pareille.

– Simplement pour empêcher le prospecteur de sortir avec Alberte. Mais, il n'a jamais pensé que Saunders partirait pour Noranda... Malheureusement, Saunders était trop fâché contre Roger après leur chicane, qu'il a quitté le garage avant que Cadrin l'informe que son char ne serait pas prêt pour la soirée. Plus tard, Saunders est revenu au garage, croyant que les réparations étaient faites. Cadrin était absent, c'est le jeune qui lui a ouvert les portes. Au tournant de Rivière-Héva, Eric Saunders a appliqué les freins. Nul ! Le char a viré de travers, a traversé la route, et c'est comme ça qu'il a frappé l'autobus !

Je m'écrie éperdument :

– Mais, c'est impossible !

Rémi me fait signe de baisser la voix. Qu'importe, je suis abasourdie par une telle déclaration.

– Sûrement, qu'il l'a fait. Il l'a avoué au procès. Par ici, on n'attend pas longtemps pour régler un accident. Surtout que le prospecteur est le neveu du gérant de la mine. Tu vois... Il était jaloux du prospecteur.

Je suis ébranlée. Jamais de ma vie, je n'aurais cru que ce garçon si avenant aurait commis un acte criminel !

– Qu'est-ce qui va lui arriver ?

– J'sais pas. On est partis en vitesse. Le père n'en pouvait plus, comme s'il avait honte de Roger. Moi, je suis resté, et j'ai eu la chance de l'approcher. C'est là qu'il m'a demandé si Alberte avait reçu sa lettre.

– C'est ça... Oui, je le crois. Doris m'a remis une lettre pour Alberte. Justement, avant le souper, je lui ai donné la lettre. Elle paraissait surprise, mais c'est tout. Pas une réaction de sa part. Elle est retournée vivement dans sa chambre.

Rémi réalise le choc que je viens d'encaisser. Il me propose de quitter le restaurant. Il est temps, j'ai les pieds gelés et le froid me transperce. Dehors, Rémi me presse contre lui afin de faciliter la marche.

Son corps, lourdement habillé, me réchauffe immédiatement. Nous parlons peu, mais toujours du même sujet. Attristé, il ne cesse de se remémorer leur camaraderie. Ils formaient une équipe au travail. Ils étaient de bons copains. Inexplicable, ce geste meurtrier.

Je pense à Alberte, à Eric Saunders et au petit enfant ; tous ces êtres formeraient une famille si l'accident n'avait pas eu lieu. Déplorable et définitif ! Je ne crois pas qu'Alberte en revienne. Pas de sitôt, en tout cas !

Nous arrivons à la maison. Rémi m'embrasse une autre fois. Il me prend dans ses bras et me dit gentiment :

– Je pars pour une semaine. J'accompagne mon frère. Nous faisons le trajet ensemble, Montréal-Abitibi, aller-retour. C'est excitant pour moi... Je te verrai la semaine prochaine.

Sur ces paroles, Rémi regagne son camion toujours stationné devant la maison. Ici, il n'y a pas de lumière nulle part. On s'est couché tôt. J'entre dans le noir, sur la pointe des pieds et, avec précaution, j'enlève mes bottes sans bruit.

Dans ma chambre, j'allume une veilleuse. Une chaleur tiède y circule. Vrai, j'ai passé une soirée amoureuse avec un garçon aimable, gentil, qui me plaît. Pas le même genre que Fernand Guérin. Celui-ci ne m'a jamais embrassée, trop poli, trop délicat pour démontrer une émotion quelconque. Entre nous, il existe une amitié, c'est tout ; d'ailleurs, je le pense.

Il se fait tard. La lune se montre dans la fenêtre comme une boule de cristal, filtrée de courants lumineux. Il passe un nuage grossier qui les disperse. La lune disparaît de la fenêtre et les cristaux se dissimulent dans l'ombre de la nuit.

CHAPITRE XV

*U*N temps brumeux, un temps propice aux festivités sociales. Le Château, l'hôtel le plus luxueux de la région, fourmille d'activités vibrantes d'énergie. Le propriétaire s'apprête à installer les décorations assorties pour le prestigieux événement de la saison : le bal de la Croix-Rouge.

Le premier hôtel fut détruit par un incendie. Reconstruit, sa stature imposante donne l'impression d'un fort, prêt à affronter les intempéries du climat rigoureux de l'Abitibi. En somme, un immeuble d'un apparat grandiose qui fait l'orgueil de la petite ville.

Le Château est situé sur *La Grand-Rue*, tout près de la gare. Le train y fait un arrêt habituel, dépose les passagers et les marchandises destinées à la population, ainsi que le fret pour les entreprises minières de l'endroit. La gare est d'une nécessité vitale dans ce coin de pays. C'est un lieu rudimentaire. Des hôtels se trouvent à quelques pas, accommodant les voyageurs. Comme partout ailleurs, on suit le même schéma : un gîte et un restaurant convenables à la portée de tout le monde.

En cette fin de semaine se déroulera le bal de la Croix-Rouge. Un orchestre de choix exécutera des valses, soulevant ainsi la magie de la gaieté. Une soirée d'un gala d'élégance et de rencontres fortuites. On trinquera à la santé de chacun et au succès à venir. Mémorable, cette fête !

Tante Yvonne a confectionné ma robe du soir : en taffetas bleu moiré, avec crinoline, des appliqués de velours noir sont posés délicatement sur le bord de la jupe, rehaussant la simplicité de la robe. Un chef-d'œuvre !

Je m'extasie devant le grand miroir à la pensée que je serai la belle de la soirée. Tante Yvonne, très heureuse de sa création, ne cesse de me complimenter.

Je ne suis plus la sombre jeune fille des derniers temps. Mes cheveux châtains, qu'un coup de brosse renvoie en arrière, sont retenus par une broche d'argent. Un collier de perles fines complète ma superbe toilette. Ces bijoux anciens sont empruntés à tante Yvonne, qui se réjouit de leur utilité.

Alberte se tient à l'écart. Sa fragilité n'est guère attirante. En ce moment, elle préfère le silence. Le récent accident l'empêche de commenter les activités de cette soirée. Désormais, elle se résigne à vivre en solitaire. Son chagrin a oblitéré toute réalité.

Elle m'observe. Je crois qu'elle éprouve de l'amertume, voire de l'envie. J'imagine que le bal lui rappelle des souvenirs difficiles à effacer. Son fiancé l'avait escortée au bal de la Croix-Rouge, l'an dernier, m'a raconté tante Yvonne.

La lettre qu'elle a reçue récemment l'a désemparée. Cela se voit sur son visage. Son regard se perd dans une rêverie, exprimant une tristesse cruelle. Quelquefois, ses yeux me fixent désespérément, comme pour me signifier sa résignation face à la vie.

Mon beau cavalier, Fernand Guérin, est fidèle au rendez-vous. Son air charmeur illumine le salon. Aucunement gêné, il m'offre une fleur délicatement emballée. Il l'épingle sur mon épaule, et me félicite pour ma toilette. Je suis troublée. Son regard reflète une impression chaleureuse, mais s'efface aussitôt par l'ombre de son sourire.

– Tu es belle, Odile, murmure-t-il, candidement.

Subitement, l'oncle Georges fait irruption dans le salon. Bien portant, l'esprit vif, il me regarde, les yeux remplis d'admiration. Un peu gauche, il effleure ma joue d'un baiser, au grand étonnement de tante Yvonne.

– J'ai mis la Dodge en marche. Venez vite, je vous conduis au Château. J'ai déneigé le perron, comme ça Odile peut se rendre à l'auto sans se mouiller les pieds.

Nous suivons l'oncle Georges comme des enfants dociles. La pauvre Alberte nous observe tristement. Je comprends les émotions qu'elle ressent en ce moment. Tante Yvonne, transie, referme la porte en prodiguant ses conseils.

Le Château brille de lumières d'apparat. Tous les notables de la place sont présents. Le bal de la Croix-Rouge est d'un faste grandiose. Le propriétaire, avec réalisme, y a mis toute la prestance requise afin que le bal soit une réussite.

Ce soir, l'ouverture officielle de cette créativité rassemble surtout une mondanité exubérante. L'orchestre, récemment formé, soulève l'entrain dans un tourbillon de musique assortie.

Nous nous joignons à un groupe qui nous accueille avec empressement : un cercle de connaissances, des amis de Fernand ou plutôt, des camarades de travail. Ils possèdent tous un but commun : la banque !

Dans cette petite ville où l'argent se gagne durement, les gens déposent leurs économies dans différentes filiales bancaires. Ainsi, ils protègent leurs biens et, aussi, s'offrent des loisirs selon leurs goûts, sans aucune inquiétude.

Les compagnies minières opèrent régulièrement. Trois banques sont à la disposition du public ; bien entendu, elles sont situées sur *La Grand-Rue*. C'est presque incroyable alors que, ailleurs dans la province, une crise économique ne cesse de propager une grande dépression.

Je suis emballée par l'esprit des gens d'ici. Ce soir, l'ambiance et l'atmosphère se meuvent dans une spontanéité indescriptible, les toilettes des femmes, la gentillesse des hommes et, surtout, la discrétion des serveuses. En effet, pour moi, c'est un monde nouveau que je ne connaissais pas.

Le bal s'ouvre à l'heure précise : 10 heures. Fernand m'entraîne ; il me serre contre lui, soudainement. La cadence de la musique nous soulève. Il me complimente, me félicite pour mes pas de danse, pour l'aisance de mon corps qui s'abandonne au rythme de la valse.

C'est vrai, mon corps tremble de plaisir. Cela me grise ; pour moi, c'est une ivresse délectable que de tourbillonner, ignorant les autres danseurs autour de moi. Et, d'un commun accord, nous tournons et tournons sur ce parquet de danse, dans un sillon de pas enfouis sous les jupes vaporeuses des danseuses.

Plusieurs des camarades de Fernand sont d'origine anglaise. Ils sont des employés de bureau de la mine ; d'autres occupent un poste quelconque dans des établissements commerciaux. D'emblée, ils m'acceptent dans leur cercle d'amis. En plus, ils nous proposent de joindre le club de curling, un sport d'hiver écossais qui se pratique dans cette partie de la région. Je suis ravie et promets d'y penser. Les jeunes gens sont accompagnés des jeunes filles des haut placés de la direction des compagnies minières. Nous sommes un groupe, causant en anglais, comme la coutume le veut dans les réunions sociales.

Le bal bat son plein. On s'amuse, on se côtoie et on échange des propos anodins avec des gens qu'on connaît à peine. Pour moi, c'est l'enchantement. Je réalise soudain qu'il existe un milieu intellectuel dans ce monde formé de deux cultures qui s'entendent à merveille.

Ma gaieté est interrompue! Au bar, assis avec des copains, Rémi Nantel m'observe ou plutôt, me fixe étrangement. Je ne peux pas contrôler ma contrariété. « Il est revenu après une absence de dix jours et ne m'a pas donné signe de vie! »

Brusquement, je m'excuse auprès de mes compagnons et me lève, tout en expliquant :

– Je dois saluer mes patrons. Ils sont gentils avec moi. Je reviens tout de suite... Attends-moi ici, Fernand, je ne serai pas longtemps.

Je me hâte vers la table de mes patrons, à l'écart du podium. Évidemment, Rémi Nantel me suit. Ses parents sont les invités des Lebel. Le Dr Perras s'apprête à les rejoindre. Ils forment ainsi un groupe assez impressionnant.

M. Lebel est joyeux et, cérémonieusement, me présente aux Nantel. La dame, le regard inquisiteur, ne cesse de me détailler, comme un objet nouvellement acquis. D'un bond, son fils coupe les présentations, et intervient d'un ton badin :

– Je vous l'avais dit qu'elle était jolie. Voyez-vous comme elle ressemble à une princesse dans sa robe longue...

Je suis embarrassée. Rémi a bu, cela se voit. Sa manière d'agir est déplacée, impertinente. Son attitude me déplaît et ses paroles ne sont pas de mise en ce moment.

Mais tout cela se passe rapidement. J'ai le visage enflammé et je balbutie quelques mots. Déjà, Rémi encercle ma taille et m'entraîne sur le parquet de danse. Tourbillonnant au son d'une musique entraînante, je suis trop émue, n'essayant même pas de me détacher de son emprise.

La danse terminée, il me reconduit à ma table avec un sourire narquois, apparemment satisfait de son exploit sensationnel. Fernand demeure impassible. Il se penche vers moi et murmure : « Faut pas s'en faire, c'est un ouragan ! »

Je ne l'ai pas revu de la soirée. Il a disparu comme il est venu. Un gars bizarre, imprévisible et qui a le don de m'exaspérer !

CHAPITRE XVI

*U*N feu immense illumine la petite ville. Des flammes rugissantes s'élèvent vers un ciel encombré de nuages épais. Dans les rues, partout, les gens ébranlés gesticulent, crient désespérément, terrifiés par la soudaine explosion.

La sirène du camion des incendies angoisse les pauvres gens qui se questionnent les uns les autres sur la cause de la catastrophe. Finalement, quelqu'un lance la tragique nouvelle : la poudrière de la mine vient de sauter. Cela s'est produit à proximité d'un projet minier, attenant à la limite de la route nationale. Effectivement, la panique s'installe. Les gens n'osent pas réintégrer leur logement. Sur *La Grand-Rue*, les larges vitrines des établissements commerciaux sont brisées ou craquelées. Les marchandises en montre sont laissées à découvert et à la portée de tout le monde.

Finalement, le désarroi est à son comble ! On mentionne que le souterrain minier a été terriblement secoué par l'explosion inattendue.

L'opératrice du téléphone ne peut renseigner personne, ne connaissant pas les détails du sinistre. De toute part fusent de nombreuses déclarations, inquiétant les plus âgés, comme les plus jeunes. La mauvaise température et les visiteurs nocturnes n'aident pas à rassurer les marchands suite aux dégâts dus à une force violente.

Deux ans plus tôt, une explosion semblable avait dévasté le village voisin : Putainville. Un feu de forêt en avait été la cause déterminante. Ce soir, certains prétendent qu'une main criminelle a provoqué l'incendie qui s'est propagé aux limites de la petite ville minière.

Le père Girard fixe d'un œil inquiet la maison du coin. Son voisin d'en face, Georges Cloutier, travaille sur le quart de minuit. Il est surpris de n'y voir aucun signe de vie. Évidemment, il ne peut refréner sa curiosité : il doit vérifier.

Traversant la rue d'un pas agile, il s'approche de la galerie de la maison des Cloutier. Il entend des coups frappés durement dans la porte. Soudain, il réalise que les femmes sont prisonnières et sont probablement prises de panique. Sans hésiter, d'un coup d'épaule, il enfonce la porte d'entrée.

À la fois surprise et nerveuse, je crois voir surgir un revenant. Une frayeur s'empare de tous mes membres, j'en frissonne. J'ouvre la bouche mais aucun son n'en sort.

Soudain, j'aperçois un homme d'un certain âge, au visage avenant, qui s'avance avec précaution. Rassurée, je reconnais le voisin d'en face : le père Girard.

Un large sillon de clarté et une brise s'infiltrent dans la maison. Tante Yvonne, étendue sur le tapis du salon, reprend connaissance, tente de se lever, mais un étourdissement la rejette au sol.

Péniblement, je l'aide à se relever. La force de l'explosion l'a projetée par terre lorsqu'elle tentait de franchir la porte du salon. Par miracle, je ne sais comment, je descendis de ma chambre et, sans encombre, je me rendis à la porte d'entrée. Inutile, elle ne s'ouvrait pas. C'est comme ça que le père Girard entendit des bruits sonores. D'un coup d'épaule, il enfonça la porte et nous sauva de la panique.

Le père Girard replace la porte d'entrée, temporairement. Tante Yvonne reprend ses sens et, chancelante, cherche la lampe à l'huile, cachée quelque part dans la cuisine. Et voilà, on l'allume et une faible clarté se répand dans la grande pièce.

On vérifie la porte de sortie de la cuisine. Elle n'a pas bougé. Alors, le père Girard ne s'inquiète plus. Georges Cloutier se chargera du reste lorsqu'il reviendra de son travail. Il lui expliquera les dégâts ; de cela, il s'en charge.

Il nous quitte, expliquant que d'autres maisons sont dans les mêmes conditions. Puis, il ajoute, tout bonnement :

– Je vais faire un tour au garage Nantel. Jos a sûrement besoin d'aide. Je travaille de temps en temps pour lui, surtout que son mécanicien n'y est plus. Ça fait pas mal de besogne, ces jours-ci...

Tante Yvonne ne manque pas l'occasion de l'interroger. Avant qu'elle pose la question qui lui brûle les lèvres, le père Girard continue :

– C'est dommage pour Quesnel. Le juge a rendu sa sentence. Il a écopé de cinq ans de prison pour négligence criminelle. On l'a incarcéré à la prison de Bordeaux, à Montréal.

Le père Girard, d'un léger haussement d'épaules, exprime ses sentiments de regret. Il dit cela d'un ton si bizarre que nous le regardons, stupéfaites. Après un silence, il reprend d'une voix étrangement calme :

– Votre fille ne doit pas se sentir coupable. Quesnel n'avait pas l'intention de tuer personne. Comprenez-moi bien...

Et sur un bref signe de tête, il nous laisse en refermant la porte démantibulée. Tante Yvonne paraît sur le point de fondre en larmes. Vivement, j'interviens.

– C'est affreux. Je me demande comment Roger Quesnel peut être aussi barbare ! Au magasin, à la livraison des paquets, il s'informait de la santé d'Alberte. Avait-il des remords ? Au fait, où est passée Alberte ?

Ma pauvre cousine n'a pas quitté son lit. Elle y est demeurée clouée, incapable de réagir. Les journées ne sont déjà pas très drôles pour elle... Cet événement doit lui causer un bouleversement et la terrifier à en perdre la raison.

Tante Yvonne, silencieuse, me guide vers l'escalier. Elle élève la lampe afin de mieux éclairer les marches. Là-haut, une noirceur lugubre m'enveloppe. Tout à coup, j'ai peur. D'un pas hésitant, tante Yvonne repart sans me souhaiter une bonne nuit.

La déclaration du père Girard continue de me hanter. « Elle ne doit pas se sentir coupable. » Alberte n'a jamais mentionné le nom de Roger Quesnel devant moi. Et, récemment, lorsque je lui ai remis la lettre, elle ne m'a rien dit.

Le père Girard sait quelque chose à ce sujet. Croyant consoler tante Yvonne, il innocentait Alberte d'un certain incident. Que voulait-il insinuer ?

Je n'entends aucun bruit venant de la cuisine. Tout redevient silencieux. De ma fenêtre, du côté ouest, quelques lueurs de feu s'étiolent vers le ciel. Une étrangeté du sort ! Nous aurions pu sauter, disparaître et être englouties, et l'entourage ne l'aurait jamais su.

Couchée dans mon lit, je tire ma catalogne jusqu'au cou. Dans une région comme la nôtre, des événements imprévisibles arrivent et les habitants en subissent les conséquences. Je pense à ma famille qui me croit en sécurité, à l'écart des assauts de la vie quotidienne.

Il faut un courage sans précédent pour s'expatrier en Abitibi. Je crois posséder cette qualité. Que le Bon Dieu me protège ! Je n'ai pas l'intention de fuir les dangers qui appartiennent à l'existence incommensurable de ce pays.

Tante Yvonne retourne dans sa chambre, le cœur rempli d'amertume. Elle imaginait sa fille épousant un jeune homme respectable, un professionnel. Maintenant, ses espoirs sont anéantis, comme s'envole la poudre meurtrière dans la pénombre de la nuit.

Chapitre XVII

*L*e froid plus intense en soirée lui pique cruellement le nez et les oreilles. Ses pieds deviennent si douloureux que chaque pas est une souffrance. Le père Girard arpente difficilement la blancheur de la neige. Quand même, il continue sa marche jusqu'à l'hôtel Boutin.

Il se souvient avec nostalgie de l'autre explosion, celle des années trente. Oh! Il ne faut pas terroriser l'esprit! Le début, il l'a connu, là-haut sur la côte, dans un village paralysé par d'effroyables disputes.

Il faut imaginer le méchant temps. Les pionniers qui ont foulé le sol sablonneux d'un village improvisé que l'on appelait Roc d'Or. Un ramassis de soucis, de misères et un encerclement d'espoirs faussés qui laissaient présager un avenir incertain.

Luc Girard, un célibataire endurci, a connu les tiraillements politiques, les effervescences des familles et, en plus, le dévergondage des personnages sans nom et sans histoire. Les immigrés vivaient un genre de vie beaucoup plus élaboré que celui qu'ils avaient vécu dans les vieux pays.

Il fallut un curé pour réglementer ce labyrinthe et atténuer le libre-échange. Un jour, le versant maléfique de ce malheureux village disparut. Pour comble de bonheur, un feu de forêt se déclencha et rasa le village. L'endroit n'existe plus ! Un souvenir qui paraît soudain épouvantable. Il se sent opprimé, délaissé, presque anéanti par ce renouveau de la sorte, qui l'obsède trop souvent ces derniers temps.

Le père Girard s'arrête devant l'hôtel Boutin. Il ne voit pas de lumières à l'intérieur, seulement des lueurs de lampes allumées ici et là. Il continue sa marche à travers les débris éparpillés sur le trottoir dans une obscurité totale.

La Grand-Rue résonne d'activités. Déjà, des camions sont garés devant les magasins, les phares éclairant la dévastation que l'explosion a produite, aidant ainsi les marchands à fermer les trous béants de leur commerce.

Déjà, Jos Nantel est sur les lieux. Il estime les dégâts. Pour un transporteur qui débute, ce sinistre représente une occasion inespérée. Il se hâte de noter les marchandises à remplacer, lesquelles doivent être sur place le plus tôt possible. Il s'apprête à fournir un camion spécialisé pour une livraison rapide de tous les matériaux nécessaires.

Naturellement, cette expédition est d'une urgence capitale. Ses deux fils exécuteront un travail gigantesque, promptement et avec garantie. Il ajoute que le transport de ces commandes sera rapide, dans un bref délai : vingt-quatre heures !

Luc Girard et Jos Nantel se rencontrent au coin de *La Grand-Rue.* Ils se dévisagent, constatant que l'explosion leur rappelle de tristes souvenirs. Ils sont de vieilles connaissances quoiqu'ils n'aient pas la même conception de la vie.

– C'est toujours comme ça, s'écrie Girard avec ardeur. Quand on commence à vivre comme du monde, y arrive toujours une catastrophe... Pas vrai, vieux « chum » ?

Nantel pousse un profond soupir. Il regarde son ami d'un œil inquiet, et lui réplique :

– On va survivre, comme d'habitude, une autre fois. Et ça, c'est grâce au transport routier. On va s'en sortir, prends ma parole... Mes gars sont prêts à partir demain matin avec la commande et demain soir le chargement sera livré, ici même.

– Et la route ? As-tu pensé à l'état des chemins en ce temps-ci de l'automne ? Le parc de la Vérendrye n'est pas commode, tout fait en courbes... Mais, comme tu le dis, ça se peut ! Regarde autour de toi, les hommes travaillent fort pour empêcher le froid et la neige d'entrer dans leur magasin. Des vrais déchaînés !

Jos Nantel s'éloigne sans plus attacher d'importance aux discussions hargneuses. «Dommage pour Girard, il ne veut plus rien savoir depuis qu'il a eu son accident de travail à la mine.» Il ajoute, criant presque : «Je te verrai demain matin au garage, de bonne heure. N'oublie pas.»

L'heure avance. Jos Nantel retourne chez lui, fatigué et las. Il réfléchit sur une décision qu'il doit prendre sous peu : remplacer Roger Quesnel !

Il rentre chez lui, gelé et transi. Heureusement, sa femme l'attend, dans un lit chaud et réconfortant... toujours prête à le seconder, de temps en temps à l'aimer tendrement !

Le quart de minuit se termine. Les mineurs se hâtent de sortir de la mine. Ils courent de part et d'autre afin de constater les dégâts occasionnés par l'explosion. Ils s'inquiètent pour leur famille, leur habitation et, partiellement, la cause de cette conflagration.

L'écho du «blast» n'a pas endommagé le souterrain minier. Georges Cloutier en a discuté avec le capitaine de son équipe. Cependant, on a raison de croire que l'explosion a été organisée par une main criminelle.

Un dur coup pour la petite ville ! Lentement, les groupes de personnes volontaires travaillant ensemble se retirent. Il n'y a plus aucun danger, du moins pour le moment.

Les « Mounties » sont déjà sur les lieux, explorant les possibilités d'un mystérieux attentat. En ces temps où tous sont pressés d'extraire le précieux minerai, l'or, il y a lieu de croire à du sabotage. Aussi, une vengeance personnelle de la part des nouveaux immigrés est à envisager.

Luc Girard retourne à la maison du coin. Il attend patiemment l'arrivée de son voisin d'en face, Georges Cloutier. Le froid intense de la nuit le transperce jusqu'aux os.

Au loin, la fumée s'élève, droite comme une flèche, vers un ciel brouillé de nuages. Le bruit constant des machines maintient le rythme du moulin, s'harmonisant dans une perpétuelle vibration.

Chapitre XVIII

E lendemain, quelle désolation ! Je constate à la lueur du matin que ce malheur soudain m'assomme d'inquiétude.

À la maison, l'oncle Georges est déjà dans la réparation de la porte d'entrée. Les complaintes de tante Yvonne vont bon train. Et la pauvre Alberte, toujours enfermée dans sa chambre, devient de plus en plus invisible.

Il n'y a plus de doute, elle s'en va vers un point de non-retour. Je ne la vois que rarement. Après le désastre d'hier au soir, j'avais espéré une réaction de sa part. Non, elle préfère la solitude de sa chambre. Nul son de sa part, seulement un silence soumis, résigné, s'engouffre dans l'austérité de la maison.

Je me rends à mon travail, résolue à réconforter les gens éprouvés par cette catastrophe, à m'acclimater à leurs soucis et à leurs ennuis. La scène est pitoyable à regarder. Les vitrines des magasins n'y sont plus. Elles sont remplacées par des planches de bois, encadrant les fenêtres. On se croirait dans un village abandonné, où n'existent plus de commerces. C'est déserté partout.

La fatigue a terrassé les gens et une instance de découragement se lit sur leur visage.

Mes patrons et les employés de la poste travaillent déjà. Ces gens, si courageux qu'un sinistre ne les déroute pas, continuent d'ignorer l'importance des dégâts. On se regarde, on gesticule, tout en s'apprêtant à replacer les objets et à nettoyer les vitres brisées. Comme eux, je me joins au travail de récupération, sans émettre la moindre réflexion.

Et, il y a Fernand Guérin. Son air paisible se transforme en une colère dépassée. Son apparence de bon enfant se change en des tirades indignées envers les coupables de cet acte maléfique.

– Nous leur donnons asile à ces déportés et, au premier accrochage avec le patron, ils hurlent et, sans réfléchir, ils nous servent une sauterie !

Debout devant moi, ses gestes signalent sa révolte envers ces étrangers venus des vieux pays après la guerre. C'est vrai ! Mais il faut noter que le grand désastre les a marqués, ces « déplacés ». C'est comme ça qu'on les surnomme : « displaced people ».

– Nous avons la certitude que deux de ces gars-là ont fait sauter de la dynamite. Les « Mounties » les détiennent. Mais il ne faut pas s'attendre que l'on va savoir les raisons. Ah non! D'après le gérant de la mine, il y a des lois à respecter... Quelles lois?

– Je t'en prie, Fernand, prends sur toi... Tu as le visage rouge de colère. Après tout, on est chanceux. L'oncle Georges m'a dit ce matin qu'il y avait encore deux cents boîtes de dynamite à la gare. Le camion de la mine n'avait pas eu le temps de les transporter à la poudrière. Le chemin de fer est arrivé en retard, et on a attendu le lendemain pour la livraison. Avec tout le bagage livré, on aurait tous sauté, ici en ville!

Surpris par ma déclaration soudaine, il se ressaisit. Sa colère s'apaise peu à peu. Néanmoins, il ne cesse de penser des propos malveillants à leur égard.

Nous sommes envahis par de nombreuses familles étrangères ne parlant ni le français ni l'anglais. Leur langue et leurs habitudes nous troublent. Elles nous observent étrangement. Pour notre part, nous devenons méfiants et, à partir de maintenant, il y a des raisons de nous tenir sur nos gardes.

Cela n'a pas d'importance pour le moment. La population se presse de nettoyer *La Grand-Rue* des débris encombrants. Le froid et la neige tombante n'aident pas. Par leur courage et leur ténacité, les gens font preuve d'une extraordinaire surveillance, comme toujours.

Il n'y a pas de clients ce matin. Fernand Guérin remarque que sa banque et les autres banques aideront financièrement les marchands à renouveler leurs marchandises. La saison des fêtes de Noël et du jour de l'An approche à grands pas.

Il faut se hâter, préparer les décorations, déballer les colis qui sont livrés continuellement. Aujourd'hui encore, je me souviens de l'entrain avec lequel je mettais toutes mes forces à travailler à l'étalage, au magasin de 15 cents à Montréal.

Je ressens un pincement au cœur. Vidée, je n'éprouve pas les mêmes sentiments. Terrassée par les événements qui ont bouleversé ma vie, en si peu de temps, j'avoue que ma famille me manque. Loin d'elle, l'ennui s'infiltre sournoisement. Fernand Guérin tourne les talons, morose et triste. Lui aussi pense à un autre endroit, à une autre jeune fille qui s'appelle Agathe. Il n'en parle pas. Nous sommes des amis, mais les confidences n'ont pas trouvé le refuge de l'amitié de nos cœurs.

La plupart des activités reprennent au cours de la journée. Il fait sombre. *La Grand-Rue* s'illumine, comme sous l'effet d'un jet de lumière bienfaisante, vers les cinq heures.

Il a tenu parole le routier Jos Nantel. Les deux camions chargés déploient leur cargaison avec rapidité. Ils arrêtent à chaque endroit où l'on décharge les vitraux et autres matériaux nécessaires pour remplacer. C'est un chantier excitant à regarder. Il y a un tas de gens qui offrent leurs services, lesquels sont appréciés amplement. Cela dure jusqu'à la nuit. Incroyable, l'unité qui rassemble tout ce monde, tantôt inquiet et qui est maintenant rassuré.

Le curé apparaît au milieu du chantier improvisé, criant des remarques à ses ouailles comme s'ils étaient ses enfants. Sa tenue vestimentaire le distingue des autres travailleurs. Il se soucie peu des règlements qui l'obligent à respecter sa place de prêtre. Cela ne l'importune jamais. Il est le curé, et voilà !

Ses gestes et ses paroles parfois ne sont guère délicats, mais toujours aimables ; il inspire une ambition collective parmi nous.

À la maison, l'oncle Georges, soucieux, s'informe de ma réaction, laquelle peut changer ma raison de vivre avec eux. Non. Je réponds mélancolique. Seulement, j'aimerais en savoir davantage sur ces immigrés que l'on héberge chez nous, dans la petite ville. Je les entrevois au magasin, au bureau de poste, dans la rue. Ils sont comme des animaux qui se groupent afin de se protéger des coups. Pourtant, personne ne leur veut du mal !

– C'est entendu qu'on ne leur veut pas de mal. Ce sont des pauvres gens que le gouvernement a placés dans notre région. Ils ne sont pas habitués à notre genre de vie. Là-bas, en Europe, la guerre les a marqués. Quand ça ne va pas à leur goût, ils prennent les grands moyens pour se faire comprendre. Les hommes surtout, répliquent et savent bien se venger... Ne crains rien Odile, la police montée va régler tout ça...

L'oncle Georges a certainement raison. En Abitibi, le climat rigoureux abîme leur goût de vivre. Ils sont seuls, en dehors du groupe qu'ils forment. Comme le précise l'oncle, l'an prochain, quelques familles rejoindront leurs compatriotes résidant dans le sud de l'Ontario, où le climat est plus clément et chaleureux.

Nous sommes assis autour de la table de cuisine, discutant de nos problèmes. Comme toujours, tante Yvonne dessert la table, et comme d'habitude, Alberte, distraite, parle peu. Ses yeux gardent encore le regard perdu dans le lointain. Sa tête s'incline un peu vers le côté, comme un oiseau attentif. Soudain, l'oncle Georges se lève précipitamment et nous quitte.

Surprise. L'oncle Georges revient avec une boîte énorme, emballée de papier brun et la pose devant moi. Tout en souriant, il réfléchit et pousse un soupir de soulagement.

– Ton patron m'a remis ce gros paquet, à midi. Je passais par le bureau de poste, lorsqu'il m'a crié : « Emporte ça chez vous. C'est un colis pour Odile. Ça vient d'arriver par la poste. Sûr que c'est un cadeau de Noël... »

Un cadeau de Noël ! Un frisson me passe sur le corps, même ma tête bouge, mes mains tremblent. Je n'ose pas y croire. Ma famille m'envoie un cadeau. Et, tout à coup, je ne sais plus quoi dire, tellement je suis bouleversée.

« Allons, ouvre la boîte », m'ordonne tante Yvonne. Elle est plus curieuse que moi. Ensemble, nous déballons la boîte, et voilà que le contenu m'étourdit. Un manteau de fourrure, un chat sauvage !

Il y a une lettre. Je suis certaine qu'elle vient de maman. Là, je suis à bout d'émotions. Tante Yvonne retire le manteau, le secoue et, d'un geste connaisseur, le palpe afin d'en faire ressortir les poils aplatis.

La lettre de maman entre mes mains, c'est comme une grâce venue du ciel. Je la presse contre mon cœur et les larmes coulent maintenant. Je suis à bout de force. Je m'assois. J'ai peine à lire les mots qui me réjouissent et, à la fois, m'attristent.

Pauvre maman, elle a travaillé la couture pour une dame, m'écrit-elle. Celle-ci lui a vendu le manteau et elle me l'offre, afin que je le porte cet hiver. Oui, c'est le cadeau de Noël que ma famille m'envoie !

« Bah ! Il n'est pas neuf, loin de là, mais il va te réchauffer », annonce tante Yvonne. Je hoche lentement la tête et je pense : « Maman se rend compte qu'il y a des choses qui me manquent. » Le manteau de fourrure est un vêtement indispensable. Tante Yvonne le pose sur mes épaules, l'ajuste et me fait pirouetter. Moi, je le lisse, incroyablement choyée de recevoir un si beau cadeau.

Chapitre **XIX**

E mois de décembre nous apporte des nuances tempérées de froid et de neige, parfois un dégel qui nous incommode.

Aujourd'hui, la maison est dans un état d'effervescence. Une grande décision pour Alberte : elle visite son médecin. Pour une raison que j'ignore, elle me demande de l'accompagner et non à sa mère.

– Je me sens plus à l'aise avec toi, me déclare-t-elle. Je ne veux pas que maman pose des questions indiscrètes, tu comprends ?

Je pense au secret qu'elle ne veut pas révéler à ses parents. Je trouve cela incorrect de sa part. Un jour, ils finiront par l'apprendre. Ce n'est pas admissible pour moi de cacher une faute aussi grave à des êtres chers qui l'aiment autant. Enveloppée dans un ample manteau d'hiver et bien chaussée, Alberte marche sans difficulté. Le trajet est court, puisque le cabinet du docteur Perras est tout près de la maison, situé sur *La Grand-Rue*. Pendant l'examen, je demeure dans la salle d'attente. À la sortie, Alberte paraît détendue, même souriante, ce qui me rassure.

Lentement, nous quittons l'immeuble. Soudain, Alberte me prend le bras et me dit : « Allons prendre un café au Goldale. » Le restaurant est vide à cette heure de la matinée. Alberte choisit une table près de la grande vitrine, ce qui me paraît bizarre. Elle me regarde fixement et ses grands yeux noirs sont pleins de douceur.

– Je viens de prendre une décision, et tu es la première personne à le savoir : j'entre au cloître après les Fêtes !

Interloquée, je bondis sur ma chaise. Je ne peux pas m'empêcher de crier : « Mais, tu es folle, Alberte ! »

Elle hoche la tête. Cela forme un tout à ses yeux, qu'à tort ou à raison, sa révélation prenne soudain une assez grande importance dans sa vie.

– Je t'en prie, Odile, calme-toi. Surtout ne me décourage pas. Ça ne sert à rien. Le docteur garantit que ma santé va beaucoup mieux. Et, en plus, je ne peux pas retourner à mon travail. Je ne veux même pas vivre dans cette ville.

– As-tu pensé à tes parents ? Ils vont être au désespoir ! Tu es leur seule enfant. Et, tu sais, ton père va certainement s'opposer fortement. Ça, je le sais. Quant à ta mère...

– Oui, quant à ma mère, elle va se réjouir. Penses-y, une sœur cloîtrée dans la famille ! Après tout, elle ne me pardonne pas ma fuite avec Eric. Elle n'en parle pas, mais je le sens dans mon for intérieur. Surtout, l'accident et tous les bavardages qui courent à mon sujet...

Je sens une hésitation, quelque chose d'assez trouble et qui se creuse davantage dans ses paroles.

– Pour moi, c'est le meilleur moyen de me faire pardonner mes fautes... Car, tu sais, l'accident a provoqué la fausse-couche. Ça, je veux pas l'oublier ! Je n'ai rien dit à mes parents, je ne veux pas les accabler à ce point-là ! Ils sont assez malheureux comme ça...

– As-tu vu le curé ?

– Oui, il est venu me voir. Je me suis confessée. Ensuite, nous avons discuté de beaucoup de choses... Non, il n'est pas question que je reste ici. Pour un bout de temps, il m'a conseillé d'aller faire une retraite, à Amos.

– C'est pour ça que tu as pensé au couvent, c'est-à-dire au cloître !

Alberte ne répond pas pour le moment. Elle semble fatiguée, comme vidée de toute résistance. Je l'observe à la dérobée. Soudain, j'ai envie de la prendre dans mes bras et de l'entraîner dans un endroit loin d'ici, loin du cauchemar qui ne cesse de la ronger.

– Je veux te poser une question, Alberte. C'est indiscret de ma part, mais je veux savoir. Roger Quesnel t'a écrit une lettre, l'as-tu reçue ?

Elle soupire profondément. Ses yeux deviennent graves, perplexes. Je regrette aussitôt d'avoir posé cette question désagréable. Mais, je veux savoir...

Elle acquiesce brièvement, se sentant opprimée. « Oui, je l'ai reçue, je t'en parlerai plus tard... Viens, partons... » Elle ne parle plus qu'en chuchotant. Nous quittons le restaurant au bout de quelques instants. Alberte s'appuie sur mon bras. Je la sens lasse, elle traîne le pas. La prestance qu'elle affichait au début de notre entretien s'éteint lentement. Une pluie agaçante tombe timidement. Le ciel terni devient grisâtre. Nous marchons silencieuses, nous agrippant l'une à l'autre, afin de prévenir une chute sur un trottoir glacé de neige.

Sa décision m'affecte intensément. La pensée de la voir partir m'étreint jusqu'au fond de moi-même. Le cœur me fait mal. Je retourne à mon travail. Mme Lebel m'a remplacée le matin, maintenant je dois demeurer au magasin ce soir. C'est la saison des Fêtes qui débute ; il y a beaucoup de colis, de grosses boîtes à déballer.

Je n'ai pas revu Rémi Nantel depuis le bal de la Croix-Rouge. Je sais par le livreur que Rémi conduit un gros camion sur la route de Montréal. Ses heures ne sont guère commodes pour ses loisirs. Fernand Guérin, occupant une nouvelle fonction à la banque, ne m'accorde que quelques instants, lors de ses visites quotidiennes au bureau de poste. En somme, nous sommes tous très occupés.

La petite ville se remet des événements de l'explosion. On oublie vite dans cette région. Des affiches de la Chambre de commerce se retrouvent partout. On propose même d'illuminer *La Grand-Rue* de lumières multicolores et d'éclairer un énorme sapin devant l'hôtel de ville. Enfin, les commerçants, ainsi que la population, envisagent d'heureuses et prospères Fêtes.

Il fait noir dans la ruelle. C'est un passage que j'emprunte, disons un raccourci, pour me rendre à la maison. Ce soir, la neige fait suite à la pluie de l'après-midi. Je dois être prudente, car il y a des trous dissimulés et ça, c'est dangereux d'y tomber.

Arrivée près de la galerie, je vois les lumières allumées dans la maison. La voiture du docteur Perras est garée devant la porte d'entrée. Il se passe quelque chose d'anormal. J'hésite. J'éprouve une prémonition qu'un malheur est arrivé. Je me heurte à quelqu'un qui me rejoint : le curé. Tremblante, ébahie par sa présence, je fige comme une statue.

« Que se passe-t-il ? » Ma voix n'a pas de son, ne parvient pas à formuler des mots.

Le curé me prend par le bras, ouvre la porte sans commenter. Il a l'assurance requise dans une situation inusitée. Contrainte, je me laisse guider dans le salon. L'oncle Georges repose sur le sofa, l'air hagard, haletant, et respire difficilement. Le docteur Perras lui fait une piqûre. Se tournant vers nous, il dit brièvement : « Il fait une angine de poitrine, vaut mieux pas le déranger. » Son sang-froid habituel indique la gravité de l'état de santé de l'oncle Georges. Il fait signe au curé de s'approcher. « Vous pouvez l'administrer, il a toute sa connaissance. »

Nous sommes reléguées à la cuisine. Tante Yvonne, les yeux remplis de larmes, est inconsolable. Alberte conserve un flegme qui dépasse la compassion. Quant à moi, je ne comprends rien à ce qui arrive.

Nous sommes une famille tourmentée par des événements inexplicables. Nous sommes trois femmes, se joignant l'une à l'autre, terrifiées par un malheur énigmatique. Pour une raison ou pour une autre, cette famille est conjurée à un sort prédestiné.

Le docteur Perras apparaît dans l'embrasure de la porte de la cuisine. Tante Yvonne se lève, mais le docteur lui impose le silence. Un silence si dense, si volontaire qu'elle n'ose rien dire.

– Georges va s'en tirer. La crise d'angine qu'il vient de subir est un avertissement sévère. Il est fatigué, travaille fort et mange trop. Alors, il faut changer ses habitudes.

Tante Yvonne s'étonne. Elle est surprise des recommandations du docteur. Pour elle, Georges travaille comme d'habitude. Elle veut l'interrompre et clarifier certaines remarques. Le docteur Perras ne lâche pas prise. Il insiste, la santé de Georges Cloutier est primordiale en ce moment.

– Votre mari vieillit, il n'a plus les capacités qu'il avait. Les troubles familiaux que vous avez eus dernièrement l'ont affecté. Vous ne semblez pas le réaliser, mais tout ça a des répercussions fatales. Maintenant, tout doit être fait afin qu'il reprenne ses forces et puisse fonctionner.

Tante Yvonne, abattue par la déclaration sévère du docteur, accepte finalement de se soumettre à ce nouveau régime. Les choses ne s'arrangent pas à son idée. L'état de santé de son mari la tracasse. Et le congé maladie aussi !

Alberte se redresse soudain, comme si elle sortait de sa léthargie. Elle enlace sa mère, pose sa tête sur son épaule et sanglote abondamment. Je suis abasourdie par son geste affectueux. L'attitude de ma cousine me surprend de plus en plus.

CHAPITRE XX

*L*E lendemain de la veille, quelle douloureuse épreuve pour la famille ! L'oncle Georges ne retourne pas à la mine. Alberte, consciemment, prend la situation en main. Elle réagit ! Elle avise, par téléphone, le contremaître que son père sera absent. Il a subi une crise d'angine très grave. Son médecin lui ordonne de prendre un congé maladie pour une période de quinze jours. Après quoi, il doit se rendre dans un hôpital de la région et se soumettre à un examen médical complet. D'ailleurs, la mine exige toujours un compte-rendu de l'état de santé lorsqu'un employé s'absente à cause d'une maladie quelconque.

Tante Yvonne revient lentement de ses émotions de la veille. Elle bougonne. Son orgueil l'a contrainte à baisser pavillon devant la maladie. Je crains qu'elle ne connaisse pas grand-chose sur la gravité de l'angine de poitrine de son mari. Elle préfère l'ignorer complètement.

Nous sommes devenus une famille agitée, qui doit se débrouiller le plus tôt possible, car, si tous nos efforts personnels se joignent, parfois une solution miraculeuse peut se produire.

Au magasin, je n'en parle pas. Le voisin d'en face, le père Girard, très sympathique, est inquiet. Il a vu le docteur Perras se rendre à la maison, hier au souper. Comme tous les matins, il vient chercher son courrier à la poste. Il traverse au comptoir et offre ses services. Quelle générosité de sa part! L'oncle Georges en aura besoin cet hiver, sûrement.

Un peu à l'écart, une femme s'avance vers moi. Je crois la reconnaître, mais je n'en suis pas certaine. Une femme pas comme les autres. Grande, mince, elle est vêtue d'un parka d'homme, une casquette sur la tête. Elle porte un pantalon de fabrication laineuse et chausse des bottes hautes, lacées, ce qui la distingue des autres femmes circulant à cette heure de la journée. Sans cérémonie, cette femme se campe devant moi, le regard droit, un mince sourire sur ses lèvres. Finalement, elle me souhaite le bonjour en hochant la tête. Solide ce regard, noirci par des yeux inquisiteurs qui me détaillent de la tête aux pieds.

– Je suis la mère de Rémi... Rosa Nantel. Nous nous sommes rencontrées au bal de la Croix-Rouge... Tu te souviens?

Son regard explore le magasin, enregistre le contenu, erre intensivement dans les menus recoins de l'emplacement.

Je suis renversée par la curiosité de cette femme.
Elle a le don de s'imposer. Son attitude désinvolte indique
une qualité provocante que je n'ai jamais vue.

– Oui, je me souviens maintenant. Je suis heureuse de
vous revoir. Ce n'est pas souvent que l'on vous voit ici...

Je bégaie presque. La timidité s'empare de mes sens.
En ce moment, je suis devant une femme, encore belle
pour son âge, l'observant comme une petite fille gênée
par sa présence autoritaire.

– Mme Lebel m'a parlé de toi. Tu es bilingue, tu as
un diplôme commercial et, en plus, tu es de Montréal.
Qu'est-ce qui t'a poussée à venir vivre ici ?

Elle se déplace, vérifie les objets, touche les articles
étalés sur les comptoirs. Je suis surprise qu'elle ait de
l'intérêt pour moi. Après tout, je ne la connais pas. Tout
de même, je réponds candidement.

– Oui, je parle anglais et je possède un diplôme
commercial. À Montréal, il y a très peu de travail dans les
bureaux. Durant les fins de semaine, je travaillais dans les
magasins de 15 cents. J'ai acquis de l'expérience dans la
vente. Ma tante a écrit à mon père, lui affirmant que je
serais employée ici. Et voilà, comment je suis venue...

Mme Rosa Nantel sourit à peine. Elle pense probablement que ma situation actuelle n'est pas ce qu'il me
faut. Naturellement, je me doute qu'elle a une arrière-

pensée. Soudain, elle revient au comptoir, y pose ses deux mains et me dit calmement :

– Comment aimerais-tu ça travailler pour moi, comme secrétaire, évidemment ? Tu n'as pas d'expérience, mais cela n'a pas d'importance. Je te montrerai tout ce qui regarde les affaires de bureau...

Le franc-parler de Rosa Nantel fait sa réputation dans la ville. Elle est une femme d'affaires avertie, orgueilleuse, autoritaire, et excessivement difficile à satisfaire. C'est la première fois que nous causons ensemble. En ce moment, sa demande me flatte ; je suis déjà engagée... Je me sens mal à l'aise.

Une image me revient, nette, d'un endroit qui ressemble à un vaste bureau d'affaires, grouillant de multiples activités diverses. Une image rêvée depuis le temps où j'obtenais un diplôme commercial, presque un parchemin, roulé avec d'autres documents de la sorte, au fond d'un tiroir de la commode.

Rosa Nantel fronce les sourcils, regardant comme au travers de moi ; elle mesure l'immense potentiel que je lui apporterais si j'accepte sa proposition. Elle reprend tout bonnement :

– Tu veux consulter ta famille, alors, fais-le... Mais n'oublie pas que le salaire est plus élevé, les avantages sont intéressants et, aussi, le travail excitant. Penses-y

bien. C'est une position plus sécurisante que celle-ci...
Je passerai dans une couple de jours...

Elle tourne les talons, saluant des gens qui s'apprêtent
à sortir, et disparaît dans la rue.

Je suis bouleversée. Je cherche quelqu'un autour
de moi qui pourrait me conseiller, discuter, afin de m'aider
à exprimer les sentiments que j'éprouve en ce moment.
Il n'y a personne que je connaisse !

Je ne veux pas laisser échapper la chance inouïe
qui me permettra de réaliser l'ambition de ma vie
d'étudiante : travailler dans un bureau d'affaires comme
secrétaire. Je possède les qualifications requises et une
volonté déterminée de produire des efforts surhumains.
Quel beau rêve ! Un brin d'espoir !

Que penseront les Lebel si je les quitte subitement ? Ils
sont bons et gentils avec moi. Je suis une vendeuse plaisante qui apporte un atout à leur commerce. Et la famille !

Pauvre oncle Georges, il devient morose. Tante
Yvonne s'inquiète des sous. Et Alberte, nerveuse,
s'exprime dans un langage agressif. Le congé maladie
bouscule la routine de la famille tout à coup.

Le temps reste gris dehors, s'infiltre même dans la
maison. Le père Girard, le visage renfrogné, rend visite
à l'oncle Georges. Il s'informe de sa santé, particulièrement

de son retour au travail. Lui aussi a subi un revers dans un accident de mine. Injustifiable. Maintenant, il travaille à mi-temps. Sa situation est minable. Les jours froids et humides rendent impossible un travail régulier. Son caractère irascible éloigne les gens, alors il a très peu d'amis.

Au souper, je me contente des propos banals de la famille. La voix de l'oncle Georges parvient indistincte de la chambre à coucher, parfois. « Il se remet de la crise d'angine. Il se repose, dort paisiblement », nous renseigne tante Yvonne.

« Par chance que le voisin d'en face est tout près pour nous donner un coup de main », s'empresse de déclarer tante Yvonne. Un frémissement d'inquiétude passe sur son visage ridé. La maladie a le don de ravager sa ténacité. C'est évident !

Tôt, je regagne ma chambre. Il fait froid là-haut. Tante Yvonne économise. La fournaise, située dans la cave, n'a pas chauffé aujourd'hui. Heureusement, le père Girard l'a ravivée et une chaleur tiède grimpe lentement.

Au réveil d'une journée qui risque de tout bouleverser, ma décision de quitter le magasin est prise. Je n'ai pas la tâche facile. Mes patrons, des gens compréhensifs, seront désappointés. Je constate que le travail de secrétaire m'offre un début dans un domaine alléchant. Ce soir, j'en parlerai à la famille. Sûrement, tante Yvonne s'opposera mais, lorsque la hausse de mon salaire sera mentionnée, elle sera ravie.

L'autre surprise : le retour d'Alberte au bureau de poste. Ce matin, dans la cuisine, elle m'annonce qu'elle reprend son poste au guichet. Entendu que la tâche est difficile, mais elle ne peut pas rester inactive. L'argent manque à la maison ces temps-ci et les Fêtes arrivent à grands pas.

Je suis heureuse pour elle. Je ne peux m'empêcher d'en faire la remarque. « Ce que tu fais là est le meilleur moyen d'oublier. » Elle me regarde longuement, hausse les épaules avec indifférence. Son attitude nonchalante ressemble à un sacrifice commandé, comme si elle se fichait de la situation.

Nous voici donc, marchant allégrement dans la rue, toujours aussi glacée et enneigée que le jour précédent.

L'air frisquet nous pique le visage. Au firmament, le soleil se fraye un chemin au travers des nuages, laissant apparaître un coin du ciel bleu pâle. Une augure fragile qui semble annoncer un présage pour l'avenir. Le mien, peut-être, je l'espère ! Enfin, une belle journée pour les braves gens du Nord !

CHAPITRE XXI

*L*ES festivités des Fêtes s'affichent partout sur *La Grand-Rue*. Les lumières multicolores virevoltent au vent. Les décorations des façades des commerces attirent l'attention de tout le monde. Un décor prestigieux !

Une ambiance frivole fait rêver les enfants et les grandes personnes. Dans cette petite ville minière, on trouve rarement des vieillards. Chose étrange, lorsqu'on observe les passants, les clients et d'autres gens qui circulent dans les rues, les personnes âgées sont absentes !

J'ai remis ma démission à mes patrons. Je quitte le magasin le dernier jour de décembre. La surprise les a bouleversés. Plus tard, ils ont compris que j'étais ambitieuse, déterminée à poursuivre une carrière plus efficace que celle de vendeuse. Mme Rosa Nantel, ma nouvelle patronne, m'accueillera à son bureau comme secrétaire, le 2 janvier prochain. Enfin, je suis heureuse et, par conséquent, exubérante d'entrer dans un monde inconnu et, en même temps, visionnaire.

Tante Yvonne, déçue par ma décision, se dresse si sévère que je dois lui expliquer que ce travail est une promotion. Elle n'oublie pas que les deux dollars que je lui offre en plus sur ma pension alimentaire, par semaine, compensent en ce moment. Véritablement, la famille en a besoin.

Alberte reprend son travail de routine au guichet du bureau de poste. Elle conserve son air triste. Pauvre fille ! Elle a beau adresser des signes de gentillesse au public, personne ne s'en aperçoit. Ses gestes se veulent discrets, évasifs.

Elle baisse les yeux sur son travail et secoue pensivement la tête en se demandant ce qui se passe dans la cervelle des clients. Pensent-ils, à la regarder agir : « Qu'est-ce que tu vas encore faire ? »

Le secret qui la torture s'engouffre de plus en plus profond. Elle vaque à ses occupations comme un automate, bien qu'elle prétende le contraire. Il me semble qu'elle se dirige vers un lointain cachot dont elle ne sortira jamais.

Entre-temps, je demeure son amie, sa seule confidente. Je la protège des propos malicieux. Je surveille son comportement et l'encourage par un sourire, un geste de la main, afin qu'elle conserve la force de tenir le coup.

Mon ami, Fernand Guérin, a un haut-le-corps. Il n'en croit pas ses oreilles. Il est sidéré !

– Comment as-tu décidé de partir sans me consulter ?
Odile, as-tu perdu la tête ? Tu ne peux pas travailler
pour ces gens-là. Tu ne les connais pas... et comme
secrétaire. Ah bon ! Je connaissais Mme Nantel comme
une femme très habile, mais de là à venir te voler aux
Lebel... ça, c'est de la bassesse !

Sa réaction impulsive et sa façon de s'exprimer me
renversent. Il s'enflamme de colère. Nous sommes
debout, très proches l'un de l'autre, nous regardant droit
dans les yeux...

– C'est impossible que tu croies ça ! Mme Nantel ne
m'a pas volée. C'est moi qui veux changer d'emploi. Il
y a d'autres choses à faire dans la vie que d'être vendeuse.

Je suis exaspérée par son attitude. Pourtant, nous
sommes des amis, pas des amoureux. Après quelques
moments de répit, Fernand se déplace, contrit de m'avoir
agacée par des paroles plutôt irritantes.

– Excuse-moi, Odile, je ne raisonne plus. Tu es libre
de faire ce que tu veux... En plus, il y a un coup de
traître qui m'assomme. Agathe m'a envoyé sa dernière
lettre. Elle se fiance à Noël avec un autre ! Et ça me fait
de la peine... Je croyais qu'elle m'aimait...

Pauvre Fernand... Il est à bout de nerfs. Il est obsédé
par la nouvelle de sa blonde. « Loin des yeux, loin du
cœur. » Une remarque que j'ai lue quelque part dans

une revue. Je présume que mon départ le rend méfiant et morose, croyant que toutes les filles le fuient.

Quelqu'un l'arrête. Fernand, comme toujours quand il rencontre une personne imprévue, s'excuse. Cette fois, c'est le curé. Il lui lance une boutade : « Reviens de la lune, garçon, la belle fille va se fâcher si tu la quittes brusquement. »

Fernand, surpris par la plaisanterie du curé, s'éloigne furtivement vers la porte de sortie, sans répliquer. Le curé me regarde, amusé, en haussant les épaules. Tout en me tendant la main, il s'informe de la santé de l'oncle Georges. Un sourire de bienveillance flotte sur ses lèvres, et encore ce sourire de prêtre me gratifie d'un courage dont j'ai tant besoin.

– L'oncle Georges est très malade, nous dit le docteur. Il doit suivre un régime et changer de travail. Tout ce revirement le rend malheureux. Vous comprenez, monsieur le curé, le salaire ne sera pas le même.

Le curé secoue la tête, tente de me convaincre que l'âge a beaucoup à faire. L'oncle Georges est un pionnier, il a œuvré dans tous les coins possibles afin d'améliorer sa situation pécuniaire. Aujourd'hui, il doit modifier son emploi du temps.

– Je suis convaincu que la mine lui trouvera un travail de surface. Après tout, il est menuisier, et ça, c'est un point en sa faveur. La tante va tempêter, car tu sais, elle est avare de ses sous... Tiens, je vois qu'Alberte est de retour. Ça, c'est une bonne affaire. Et toi, tu continues de rester avec eux ? N'oublie pas qu'ils t'aiment « ben gros », ces gens-là.

Sur ces paroles, il retourne au guichet du bureau de poste. Probablement, il s'entretiendra avec Alberte. Je ne suis plus inquiète. Le curé, toujours avec son sourire moqueur, attirera la confiance de ma cousine. Oui, elle sortira peut-être de son mutisme et de sa solitude !

Les gens sont attirés par la saison des Fêtes. Ils trépignent d'impatience. Les enfants, enthousiasmés, regardent les jouets en montre dans les allées où s'étalent les cadeaux tant désirés. Dans le fond de mon cœur, je les envie !

Une lettre de ma mère. La nostalgie me surprend. « Nous sommes pauvres, nous, les gens de la grande ville, m'écrit-elle. Tu es vraiment gâtée, remercie le Bon Dieu. »

C'est toujours ainsi qu'elle termine ses lettres. Je lui envoie un peu de monnaie chaque fois que je peux. Ce n'est pas assez pour se procurer les friandises qu'elle désire.

À la maison, ici dans notre milieu, tout est chambardé. Tante Yvonne étire ses sous, Alberte rapporte les siens, et moi, j'attends ma nouvelle position pour en faire autant.

L'oncle Georges a subi un examen médical. On lui offre un poste de charpentier à la surface de la mine, à salaire fixe. Finis les bonis. Il ne peut pas retourner travailler sous terre. Il devient donc un vieux mineur que l'on protège. Il n'est pas heureux. Au contraire, il s'ajuste mal à la décision prise par ses patrons.

Le père Girard s'empresse de donner un coup de main. Je dirais même qu'il exécute les travaux nécessaires de la maison et de son entourage.

Déjà, la neige s'est campée partout. Le garage sert de résidence à l'auto, aux outils et à d'autres machines utilisées par l'oncle Georges.

Le sapin de Noël, celui que le père Girard nous apporte, demeure sur la galerie, pour le moment. Une première fois pour moi ! Je suis reconnaissante de pouvoir participer aux préparatifs de la Fête de l'Enfant Jésus.

La Grand-Rue, le réseau de toutes les activités hivernales. Même le père Lanctôt et sa charrette, débordant d'entrain, dépose dans tous les établissements des sapins coupés dans les boisés attenants à la petite ville... Sa jument, décorée de sonnettes, ne cesse d'attirer l'attention de tout le monde.

L'école Renaud dépêche ses écoliers sur la patinoire locale, les entraîne aux sports, les habitue à exhiber leur talent et leur endurance. Le personnel se retrouve en congé pour une quinzaine de jours ; cela permet à chacun de rejoindre sa famille qui vit au loin.

Au presbytère, le curé s'emballe lui aussi. Gai et bien portant, il est enchanté. Son église et ses paroissiens deviennent pour lui un point de mire en ces derniers jours de décembre.

La Grand-Rue, nettoyée, se remplit de neige en son milieu. Un rempart blanc, dur et glacé, sépare les deux côtés de la rue, comme deux rives qui s'apparentent. Les avenues transversales débouchent et les piétons les empruntent pour se retrouver de l'autre côté du monticule de neige.

Les enfants en profitent pour faire une glissade. Un jeu très dangereux, toléré quelquefois par les autorités policières.

Les hôtels regorgent de clients. L'arrivée des voyageurs étrangers vient prêter main forte aux réjouissances de la fête de Noël. Une atmosphère animée de gaieté, de plaisirs et, finalement, de rencontres inusitées.

L'hôtel de ville est en liesse. Le maire et les échevins inaugurent l'immeuble où logeront les bureaux de la magistrature. Le club de curling s'affirme. Hommes et femmes s'entraînent ardemment. Il ne faut pas ignorer le club de hockey. Quel prodige ! Des jeunes garçons évoluent sur une patinoire glacée et endurcie. Leur entraînement ardu fait preuve d'un zèle et d'une endurance insurpassables.

Les résidences des Anglais sont d'une ressemblance inouïe avec leur patrimoine. Ils apportent avec eux leurs habitudes, leurs goûts et leurs traditions. Et cela s'imprègne sur la façon dont ils vivent. C'est agréable à regarder. Leurs maisons blanches sont décorées de teintes voyantes. Quand je les vois dans mes promenades, je pense aux cartes postales représentant la partie sud de la province. Une vraie imitation !

La Grand-Rue sépare la petite ville en deux. Le côté nord rassemble les commerces, les vigilants entrepreneurs et un remous de résidants qui s'implantent courageusement. Il existe une fraternité amicale entre eux, ce qui déjoue la controverse que deux races ne peuvent s'entraider mutuellement.

À la maison, le sapin illuminé domine le salon, paré de ses plus beaux atours ; la crèche est déposée à ses pieds et les cadeaux l'entourent ; une joie intérieure nous étreint.

Nous sommes tous là, les quatre membres de la famille Cloutier, admirant la beauté de l'arbre, se recueillant presque. Je pense à mon autre famille, loin d'ici, ne participant pas à cette fête, même pas des guirlandes décorant le petit logement. L'argent se fait rare dans la grande ville.

La nuit de Noël ! Le bleu de la nuit, scintillant d'étoiles, et la lune qui apparaît dans un décor astral, provoquent en nous un élan joyeux. Les cloches de l'église sonnent à toute volée. Les paroissiens se pressent afin de choisir une place près du sanctuaire.

L'oncle Georges et tante Yvonne battent la marche. Ils ont de la difficulté à affronter le froid piquant de la dernière heure. Alberte et moi, sa main dans la mienne, trottinons comme des enfants en route vers un lieu de bénédictions.

La chorale débute par des chants coutumiers qui nous émerveillent. Le curé, revêtu de ses habits de cérémonie, préside la messe avec une vénération digne de la circonstance. Le « Minuit, chrétiens ! » retentit soudain, chanté par une voix forte, émouvante qui renvoie son écho dans un silence absolu.

Dehors, une nappe blanche recouvre la terre. La neige cache les défauts de la nature, la protège, pour une nuit, des méfaits des hommes. L'heure du recueillement a sonné.

Chapitre XXII

*L*E jour de l'An. Le premier jour de l'année rassemble tous les employés de la mine et leur famille. C'est une coutume engageante qui permet aux patrons de rencontrer tout ce monde qui, en somme, devient leur entourage immédiat.

La salle Canadienne, propriété de la mine, est décorée d'un énorme sapin. Paré de ses plus beaux atours, il incite surtout les enfants à s'emballer et à admirer la décoration grandiose qui le couvre. Il y a un goûter de servi, des liqueurs, de la boisson alcoolisée et du café pour les adultes. Une réunion réglementaire, nécessaire, qui permet à tous et chacun de se retrouver une fois l'an.

Les cadeaux sont distribués par le gérant et son épouse. Ils se prêtent joyeusement à ce rituel, ce qui leur revient d'ailleurs. Ces gens, des Anglais, parlent peu le français, mais s'adonnent très bien à leur tâche. Ils prononcent d'aimables souhaits et serrent les mains avec une cordialité étonnante. Au bout de deux heures environ, ils s'apprêtent à quitter cet endroit de fête, ce qui leur rappelle un jour de l'An du passé. Presque tous les pères de famille ont donné la bénédiction à leurs enfants, dans l'intimité de leur foyer : une tradition qui se continue, même en Abitibi. Ce matin, j'ai fait comme tout le monde. Éloignée pour la première fois de ma famille, je ressentis de l'angoisse, un ennui peut-être ? Au déjeuner, j'ai demandé à l'oncle Georges de me bénir ; il fut tellement ému que ses yeux s'emplirent de larmes. Sa main posée sur ma tête, agenouillée devant lui, une chaleur bienfaisante se dégagea de mon être. L'anxiété disparut soudainement.

Tante Yvonne essaie vraiment de tenir le coup. Elle a revêtu sa robe des grandes occasions. Alberte, détendue, amène de la gaieté dans la maison. L'oncle Georges se berce près de la fenêtre de la cuisine, triste, observant la neige s'accumuler sur le terrain. Oui, il neige abondamment en ce jour de l'An.

Quelqu'un frappe à la porte de la cuisine. Et, tante Yvonne, quand il y a une visite imprévue qui n'est pas annoncée, commence par s'affoler. Vivement, elle soulève le rideau et regarde : « Tiens, une visite pour toi ! » me dit-elle, surprise.

Fernand Guérin secoue ses bottes pleines de neige. Avec le sourire qui lui est coutumier, il dit, très poli :

– J'ai pensé venir vous saluer, vous souhaiter une bonne santé, monsieur Cloutier. Et vous, madame, voici un petit quelque chose... J'espère que je ne vous dérange pas...

Je m'empresse de lui répondre :

– Entre, il fait froid dehors. Tu es gentil de nous visiter. Tu sais, je suis ravie de te voir, surtout qu'à partir de demain, nous ne nous verrons plus au magasin.

Alberte s'approche ; elle est agréablement heureuse de le voir. Elle prend son manteau et son casque de fourrure, les dépose sur la patère. Je lui fais signe de s'avancer vers le salon. Il semble hésitant, mais il nous suit et prend place à mes côtés sur le divan de peluche.

Alberte, silencieuse, se met au piano et joue une mélodie douce qui soulève une mélancolie. Fernand et moi, consternés à la pensée de nous quitter temporairement, éprouvons une gêne troublante.

Se dire au revoir devient pénible. Nous nous connaissons depuis quelques mois et, déjà, une amitié sincère s'est nouée entre nous.

Toujours attentif, Fernand écoute la musique qui nous rappelle des moments émouvants. Les confidences que nous avons partagées nous semblaient importantes. Maintenant, elles ne sont que des bribes futiles. Faut-il nous les remémorer ou simplement les déplacer quelque part dans la mémoire ?

– Je suis inquiet pour toi, Odile. Ton emploi de secrétaire chez les Nantel me tracasse... Oui, je sais. Tu veux de l'avancement, plus d'argent, et une position enviable... As-tu vraiment pensé aux heures supplémentaires que ce travail t'apportera ?

Je ne sais pas comment expliquer à mon cher ami, ma décision de quitter le magasin. Pourtant, cela se voit en moi. Je dois changer de niveau de travail. Je n'aurais pas quitté ma famille et la grande ville pour m'établir en Abitibi seulement dans l'attente d'une vie simple et terrienne. Car, c'est exactement ça qui m'arrive. L'avantage de monter, de grimper un échelon du succès est là, dans un changement de travail.

– Regarde-toi, Fernand. Tu aspires à devenir gérant un jour. Alors, tu te mesures en conséquence. Tu as appliqué pour une commission, un grade, alors pourquoi pas moi ?

– Toi, ce n'est pas pareil : tu es une fille. Pardonne-moi, mais les femmes ne doivent pas dépasser les hommes. Ah oui, une fille peut devenir caissière, pas devenir gérant d'une banque. Cela ne se fait pas...

Je suis indignée. Les femmes ne doivent pas dépasser les hommes ! Je me lève, fâchée, les yeux remplis de colère, le fixant d'un air hautain.

– Comment ça... Je suis une jeune fille qui possède des idées arrêtées sur ce sujet. Je n'ai pas l'intention de me laisser enterrer par des garçons moins instruits que moi. Non, c'est pas mon cas. J'ai l'intention de continuer à m'instruire. Tiens, dans la comptabilité, je suivrai des cours du soir.

Pauvre Fernand, il est devenu penaud tout à coup. C'est la première fois que je démontre mon caractère devant lui. Jusqu'ici, je n'avais jamais contredit ses idées.

– Qu'est-ce que tu penses de ça ? questionne-t-il en se tournant vers Alberte, et en lui plantant dans les yeux un regard pétillant de malice. Voici qu'Odile nous apprend des nouveautés. L'approuves-tu ?

Alberte n'a pas cessé de nous observer. Les deux mains sur le clavier, elle écoutait notre discussion sans même déranger les notes de musique qu'elle exécutait.

– Je crois qu'Odile a raison. Elle a beaucoup de qualités. Elle va sûrement arriver à son but... Entre-temps, je me retire. L'heure du coucher a sonné pour moi.

De façon lente, elle ferme le clavier et nous souhaite une bonne nuit. La nonchalance de sa démarche montre encore les séquelles de l'accident. Sa convalescence s'éternise. Toutefois, elle s'efforce de maintenir une allure de gaieté devant nous.

– C'est une personne qui a le cœur endolori, remarque Fernand. J'aurai l'œil sur elle au bureau de poste, puisque tu ne seras plus là pour l'encourager.

Son ton badin me fait sourire. Oui, il sera là comme il l'était pour moi, à mon arrivée au magasin.

– Je pensais que tu prendrais des vacances aux Fêtes. Je suis surprise de te voir encore avec nous. Qu'est-ce qui se passe ?

Il tourne la tête, esquisse un sourire amer, comme il arrive à quelqu'un qui souffre et, soudain, il est frappé par une nouvelle idée.

– J'ai décidé de rester en Abitibi, d'y faire ma vie ; tiens comme toi... Qui sait ? Je serai peut-être le gérant de la banque un jour. Assurément, si ce n'est pas ici, ça sera quelque part dans la région. On ne sait jamais...

Pourquoi sa voix avait-elle baissé en prononçant ces paroles ? Son amour perdu pour sa petite amie le rend mélancolique. Il me regarde intensément, comprenant mal le tournant tragique qui lui arrive. Avec moi, il se sent en confiance. Pour le moment, l'amitié que je lui porte devient le soutien moral dont il a besoin.

– Changeons de sujet, si tu veux. Parlons de toi, de ton travail. C'est demain le grand jour. C'est loin d'ici le garage. Comment vas-tu voyager ?

– À pied, comme d'habitude. Plus j'y pense, plus je deviens nerveuse. Ça va passer à la longue. D'ailleurs, c'est le même trajet. Alberte et moi quittons la maison à la même heure. Elle s'arrête au bureau de poste, pour son travail, et moi je continue de marcher *La Grand-Rue* jusqu'à l'avenue Centrale. Et là est situé le garage, mon lieu de travail.

– Et là, se trouve Rémi Nantel !

Je suis étonnée par la réflexion de Fernand. Un silence s'établit entre nous. Par contre, il a raison : Rémi travaille au garage, puisqu'il est l'employé de ses parents. D'autre part, je ne m'attendais pas à une réplique de sa part. Depuis la rencontre de ce garçon au bal de la Croix-Rouge, il est évident que Rémi Nantel a des sentiments amoureux pour moi.

Je secoue la tête, car je ne veux pas en discuter davantage. C'est de l'impertinence de sa part. Pourtant, Fernand poursuit lentement son brin d'information.

– Tu es une amie véritable, Odile. C'est justement pour ça que je dois t'avertir... Oh, ne fais pas l'innocente ! Tu as, comment dirais-je, un peu d'affection pour ce garçon. Voilà la raison pour laquelle je dois t'informer... Je suis malheureux à la pensée de te le dire. Rémi Nantel fréquente une femme mariée à l'hôtel Prince. Elle est blonde, séparée, et s'appelle Grace. Je les ai vus souvent ensemble, toujours le samedi soir. Prends garde à ce garçon. Il est mauvais pour toi !

Je tressaille. Ce commentaire me donne un violent coup au cœur. Je me lève précipitamment, coupant court aux conseils téméraires de Fernand.

– Il se fait tard. Ne t'inquiète pas à mon sujet... Tu as raison, Rémi Nantel est un garçon volage, trop avenant.

Nous traversons la cuisine rapidement. Il n'y a plus personne. L'oncle et la tante récitent le chapelet dans leur chambre. Il est onze heures. Une atmosphère paisible se répand dans la pièce. L'ombrage de la lumière et le ronflement de la fournaise nous enveloppent d'une intimité troublante.

– Je m'excuse d'avoir dit des sottises. Je ne veux pas que tu souffres inutilement. Après une pause, il continue : Nous ne nous sommes pas souhaités la bonne année...

Il s'approche et me prend dans ses bras. Je ressens une drôle de sensation. Il m'attire contre lui, ses bras entourant ma taille. Inconsciemment, j'appuie ma tête sur son épaule. Ses lèvres cherchent les miennes : notre premier baiser !

Je ferme les yeux et mon corps s'abandonne à ce contact intime. Il s'écarte vivement, le regard plein de tendresse.

Au moment de partir, il se tourne vers moi, et j'ai l'impression de voir une lueur amoureuse dans ses yeux noirs, pétillant de plaisir. Je regarde par la vitre givrée. Sa silhouette se dissimule dans le reflet de la nuit. J'entends ses pas qui durcissent la neige, se frayant un tracé jusqu'à la rue. Mon cœur bat fortement à la pensée de ce premier baiser. Un jour de l'An inoubliable !

Chapitre XXIII

*L*E garage Nantel est une immense bâtisse située sur une rue parallèle à *La Grand-Rue.* Deux étages. Le premier sert aux réparations des véhicules, ce qui comprend l'entretien, la mécanique et d'autres travaux de ce genre.

L'autre étage est réservé aux bureaux de la nouvelle entreprise : Transport Express. Pour le moment, une pièce, sommairement aménagée d'un bureau, d'un fauteuil rustique et de quelques chaises, est occupée par le propriétaire, Jos Nantel.

L'autre pièce, plus spacieuse, équipée des accessoires nécessaires : dactylo, calculatrice, filières, sert au travail interne de l'entreprise. Bernard Rivest est le commis-comptable de ce gigantesque monticule de paperasses déposées ici et là.

À l'entrée, la salle d'attente est séparée par un comptoir de bois. Là est situé le bureau de la personne responsable de l'administration, Rosa Nantel. Une femme intelligente qui gouverne, avec une habileté étonnante, le nouveau commerce, implanté récemment dans la petite ville.

Rosa Nantel ne peut tout faire. Un surplus de travail l'oblige à embaucher une secrétaire. Il est rare de trouver une personne qualifiée dans la matière. Alors, elle se voit dans l'obligation d'en former une. Sa recherche l'a conduite au magasin de 15 cents où travaille Odile Cloutier. Parfaitement bilingue, la jeune fille est le choix idéal. Ce matin, huit heures, Rosa Nantel attend patiemment la jeune recrue.

L'escalier me paraît une montagne. Les marches, où s'étaient accumulées la glace et la neige au cours de la fin de semaine, sont fraîchement nettoyées. J'hésite. Autour de moi, le bruit des camions qui démarrent, m'étourdit. Il me faut du courage pour me rendre là-haut. J'ouvre la porte avec force et là, me voici dans un immense entrepôt.

Un chauffeur qui s'amène me fait signe. La porte d'entrée que je cherche est à ma gauche et il y est inscrit : office. Très galant, l'homme me conduit dans un endroit étrange où grouille une activité intense, dominée par la sonnerie des téléphones.

Mme Nantel se lève et m'indique de la suivre dans le minuscule bureau de son mari. La gentillesse de ma nouvelle patronne me rassure.

– Enlève ton manteau et le reste de tes affaires. Réchauffe-toi un peu... Dehors, la température est glaciale, mais le soleil va briller. La journée deviendra plus agréable pour travailler.

De là, nous passons à la salle de comptabilité. Elle me présente au commis-comptable qui me dévisage, m'adresse vaguement un bonjour et retourne à ses dossiers. Il n'est pas commode, ce monsieur. Il est plus âgé que ma patronne. Il doit être très important dans l'entreprise.

Au bout de la grande pièce, un coin m'est réservé. Un petit bureau, une dactylo, un fauteuil confortable et une pile de feuilles blanches empilées dans un panier, complètent l'ameublement de mon poste de secrétaire. Mme Nantel fait une remarque qui me plaît : « Nous ferons une bonne équipe toutes les deux. »

Je la regarde avec plus de confiance que je l'avais anticipé. Cette femme possède une assurance extraordinaire. D'autant plus que tous les employés la respectent, cela se voit au premier abord.

La matinée ne s'éternise pas. Ma patronne m'explique mon travail. À l'école bilingue que j'ai fréquentée à Montréal, un cours sur le «business writing» était à l'horaire. J'ai suivi le cours. Donc, la sténographie et la dactylographie ne me sont pas étrangères.

À l'heure du midi, je retourne à la maison. Tante Yvonne, curieuse, ne cesse de me questionner. Je l'informe gentiment que mon travail est confidentiel et aussi que Mme Nantel est une femme agréable et gentille.

– Elle est hautaine, réplique tante Yvonne. Elle a une tendance à ne pas saluer les gens... Tiens, j'ai une idée : pourquoi ne pas porter ton manteau de fourrure ? C'est loin le garage. Surtout que tu travailles pour les Nantel, ça va les impressionner, tu verras...

C'est vrai. Le froid sec de janvier est pénétrant. Je pense à ma mère, soudainement. Je n'oublierai pas de la remercier, une autre fois, dans ma prochaine lettre.

À mon retour au garage, un camion de service est garé devant l'escalier du bureau. Rémi Nantel en descend, joyeux, tout heureux de me voir. Il admire ma nouvelle tenue et se penche en signe de révérence. Ce jeune homme a le don de m'émouvoir. Son regard admiratif me fait sourire. Je suis ensorcelée par son charme.

– Il y a une bonne secousse qu'on s'est vus, me dit-il en s'avançant vers moi.

Sa manière de me parler et son regard persistant qui ne me laisse pas, m'incitent à l'écouter. Son comportement est tellement excitant que je ne peux pas lui résister.

– Oui, il y a longtemps qu'on s'est vus... Il faut que j'aille, je suis en retard. À bientôt.

Sans le réaliser, je répète ses paroles. Au moment, où il approche de trop près, je m'esquive adroitement et grimpe l'escalier d'un saut, j'ouvre la porte et je m'engouffre dans la grande pièce de l'entrepôt, tout cela pour éviter des explications de sa part, probablement une invitation quelconque.

Les Nantel sont en conférence dans le petit bureau. Ils discutent d'un sujet qui devient l'objectif essentiel de leur entreprise : s'agrandir ; et pour y arriver, ils veulent une augmentation de volume pour le commerce. Je n'ose pas trop écouter, mais leurs voix fortes, distinctes, soulèvent mon intérêt. Bernard Rivest, le commis-comptable, est bien assis dans son coin, où se trouve la comptabilité. Il courbe la tête, attentif, saisissant des bribes de leur conversation fragmentée.

Tout se rapporte au transport des explosifs. Apparemment, les Nantel font la demande d'une franchise pour transporter et livrer les explosifs dans les poudrières des mines. Avec l'assentiment des compagnies minières de la région, les Nantel sont favorisés.

Les discussions terminées, Mme Nantel revient dans la grande pièce. Son bureau est de l'autre côté du comptoir. Elle me renseigne sur mon travail, m'initie à la correspondance. Il y a deux téléphones qui sonnent régulièrement, ce qui devient ahurissant à la longue.

Bernard Rivest, plongé dans sa comptabilité, n'est pas un grand causeur. Ma patronne, très occupée, remplit des formulaires, des feuilles de route, puis reçoit des clients dans le petit bureau. La journée se passe dans un fouillis d'interruptions, de conversations essoufflées et de discussions interminables. Je constate dans ce bureau un perpétuel va-et-vient. Je ne m'ennuie certainement pas. Ma patronne, patiente dans tout ce semblant de désordre, connaît exactement l'emploi du temps des personnes qui l'entourent.

M. Nantel est descendu au garage, l'endroit qu'il préfère. Un coin est aménagé pour les chauffeurs et les mécaniciens. Le garage est immense. Je n'ai pas encore visité les lieux. Le roulis des manœuvres mécaniques et le bruit incessant des véhicules me donnent l'impression que tout se déroule dans une atmosphère tapageuse et agaçante.

L'horloge indique l'heure de la fermeture du bureau. J'ai passé de longues heures durant lesquelles je me suis penchée sur les dossiers déposés sur mon bureau. Petit à petit, je m'adapte sérieusement au roulement du transport routier, une entreprise qui promet du succès et un avantage économique pour les habitants de la petite ville.

Chapitre **XXIV**

 ES Nantel sont des gens compétitifs. Ils ignorent la défaite. Présentement, ils foncent sans réserve afin d'obtenir la franchise le plus tôt possible.

Jos Nantel est un vétéran du couloir souterrain minier. Il connaît parfaitement le maniement de la poudre explosive, la charge et la décharge. Il est donc le transporteur désigné pour ce transport délicat et dangereux sur les routes indiquées par le département fédéral des mines. Sa réputation stable, son honnêteté et, en plus, sa détermination à réussir, forcent l'admiration des grands patrons de Toronto.

Sa femme est son bras droit. Douée d'une intelligence perspicace, elle raisonne, elle épaule son mari dans sa nouvelle entreprise. Les deux fils partagent les risques, l'ambition et le labeur que leur amène le transport routier.

Ces gens ne cessent de progresser. Leur initiative est spontanée. Rarement, le succès arrive en si peu de temps. Il faut l'admettre, les Nantel forment une équipe remarquable et efficace.

Ce matin, le ciel est couleur d'acier. *La Grand-Rue*, couverte d'une couche de glace, rend la circulation dangereuse. Les gens marchent difficilement, le visage précédé d'une petite nuée de vapeur.

Il est huit heures. Le silence particulier de ce matin est le silence des plus froids matins d'hiver : le thermomètre indique 40 degrés sous zéro !

Un énorme mastodonte se stationne dans la vaste cour de Transport Express. Les roues enneigées grincent, imprègnent des traces profondes sur la neige croustillante. Les frères Nantel en descendent. Ils ont roulé toute la nuit sur la longue route qui relie l'Abitibi au reste du monde.

Leurs vêtements sont collés à leur corps. Les deux jeunes hommes, fatigués, les yeux rougis, s'adaptent difficilement à la levée du jour. Quand même, ils sont heureux d'être parvenus à leur destination.

– Vous arrivez avant l'heure, les complimente Jos Nantel, en tapant les pieds sur le sol gelé pour se réchauffer... Venez vous reposer, j'ai des bonnes nouvelles à vous apprendre.

Debout près de la fenêtre, Mme Nantel les regarde se diriger vers leur maison. Puis, elle me dit de la suivre dans le bureau de son mari. Je me lève, consciente de la gravité de son ton. Je prends place dans une des chaises devant la grande fenêtre qui donne sur la cour.

Mme Nantel a toujours un travail intéressant qui l'occupe mais, ce matin, elle me parle posément avec une assurance que je ne lui connais guère.

Il va sans dire qu'après une semaine de travail auprès d'elle, je découvre des choses surprenantes à son sujet. Son comportement m'intrigue. D'une voix mystérieuse, comme furtive, elle me confie : « Nous avons gagné, nous l'avons ! »

Elle est transportée de joie. Son regard s'illumine et ses mains gesticulent. Soudain, elle glisse le dossier vers moi. Timide, je n'ose pas y toucher. Elle insiste :

– Nous avons décroché la franchise ; elle est là, devant toi. Dorénavant, nous allons transporter de l'explosif, partout au pays. C'est un premier essai que le gouvernement fédéral nous accorde... Tu comprends, Odile, nous sommes les premiers à transporter des boîtes de dynamite sur les routes. C'est inimaginable ! C'est vrai, absolument extraordinaire ! Nous, les petits camionneurs, nous avons damé le pion aux grosses compagnies de transport et, en plus, au chemin de fer. C'est un revirement dans le domaine du transport routier.

Emballée par son attitude exubérante, je m'avance et lis attentivement le dossier. Ces pages dactylographiées donnent le droit d'exercer le permis de transporter des produits explosifs. Des camions spécialisés sont requis et un suivi des routes empruntées pour le transport de ces dits produits doit être présenté aux autorités de la police fédérale.

Peu à peu, je réalise le pouvoir que détient cette femme. Une sensation intense de bien-être et une satisfaction d'avoir réussi un coup de maître s'installent en elle, pour ne jamais plus la quitter. Une femme, seulement une femme, jusqu'ici, est parvenue à s'élever au rang prestigieux des affaires !

Sa voix, plus forte, énumère les différents facteurs nécessaires : les camions que l'entreprise doit acheter, l'embauchage de nouveaux chauffeurs et leur aide. Son accent met de l'ampleur sur l'énormité des responsabilités envers le public circulant à proximité de la région.

Un résumé d'explications s'ensuit. Je m'efforce de comprendre, d'imaginer l'ensemble de son plan.

– Tout est prêt pour organiser le premier départ. Mon fils, Jacques, est le chef de file pour conduire le convoi. Un relais de repos pour ses hommes est déjà installé. Donc, le 1er février, Transport Express débutera dans un circuit tout à fait nouveau.

Son enthousiasme et sa confiance m'ont conquise. Son visage calme et sérieux projette une flamme d'espérance ; un sentiment de sécurité émane d'elle, involontaire peut-être, mais efficace pour le moment.

– C'est un défi, me dit-elle. Personne n'a réalisé ce genre de transport. Mon mari espère prouver qu'il peut desservir les mines plus rapidement et, par surcroît, avec prudence. D'ailleurs, c'est à nous de démontrer que nous pouvons utiliser des moyens sécuritaires.

Mme Nantel me fixe d'un regard inquisiteur qui me gêne. En se levant de son siège, elle fait allusion à son autre fils.

– Rémi ne fait pas partie de ce transport dangereux. Il demeure au niveau du transport local. Il aime conduire les gros camions qui transportent la cargaison habituelle.

Elle me sourit, tout en haussant les sourcils, me laissant perplexe suite à son étrange commentaire !

Vraiment, je suis amusée. Il me semble que son fils, Rémi, ne me fréquente pas. Mais tout présume qu'il le fait. Pourquoi ce sourire sous-entendu qui lui revient soudain ?

Je retourne à mon coin de travail, tapant les lettres et les autres documents en pile sur mon bureau. Bernard Rivest est au poste. Il a probablement entendu notre conversation. Il est sûrement au courant des derniers événements.

Mme Nantel quitte le bureau pour se rendre chez elle. Elle demande au commis-comptable de prendre les appels téléphoniques. Elle ne revient pas ; elle a beaucoup à faire, précise-t-elle. Quant à moi, agissant en secrétaire avisée, je reçois les clients, donne des rendez-vous et note les messages.

Mme Nantel, dans l'encadrement de la porte, me recommande : « Habille-toi chaudement. Il gèle dur. » Évidemment, elle disparaît comme par enchantement, après avoir semé chez moi un bouleversement, un désordre quelconque concernant son fils.

Au garage, en bas, c'est un tapage constant. Le bruit ne cesse pas. Les grandes portes s'ouvrent et se referment continuellement.

Bernard Rivest a l'habitude du vacarme. De temps à autre, il émet des plaisanteries afin de briser la monotonie, comme des mots lancés au hasard. Mon esprit vagabonde. Je me vois, balancée dans un perpétuel engrenage quotidien qui change rapidement, en l'espace de quelques heures.

Chapitre **XXV**

*L*E mois de février, le temps d'oublier les froids de l'hiver et de se préparer au Carême. Le carnaval approche ; apparemment, c'est un temps de festivités qui soulèvent les émotions de tout le monde. Le dégel des routes, l'eau sale qui coule dans les rues et les déchets qui s'amènent des boisés environnants obligent à des activités de nettoyage.

L'oncle Georges s'habitue lentement à son nouveau travail. En tant qu'ancien mineur, il a la priorité de choisir le métier qui lui convient. Sa santé s'améliore. L'air frais du dehors le dégourdit. Il n'a plus le visage terreux des bas-fonds de la mine. Il parle, il discute de politique avec ses compagnons de travail, ce qu'il ne faisait pas auparavant.

Tante Yvonne ne perd pas contenance devant les bavardages de ses amies. Disons qu'elle supporte les propos malicieux qu'on raconte concernant sa fille. Par contre, on la félicite au sujet de sa nièce. Son travail de secrétaire, sa connaissance dans les affaires lui attirent des louanges de toute part. D'ailleurs, ce sont les derniers rapports calculés par les diverses organisations féminines de la paroisse à son égard.

Alberte, discrète, ne prête guère attention aux potins qui circulent autour d'elle. Elle ne s'intéresse à personne. Un soir, elle me confiait son intention de faire une retraite fermée dans un cloître, à Amos. Elle répétait la même phrase : « Je ne peux plus travailler ici. » Son regard vague se perdit soudain... Le souvenir lui revenait. Était-il un souvenir de culpabilité ou un souvenir d'apaisement ?

Ce soir, dans le salon feutré, à la lueur d'une lampe d'un style ancien, Alberte se met au piano. Elle joue une mélodie qui lui rappelle les moments de sa vie sentimentale. Songeuse, le visage paisible, ses mains se déplacent habilement, faisant revivre l'intensité d'un amour disparu.

Une nostalgie qui m'effraie. Si douloureuse soit-elle, Alberte maintient sa peine dans un coin confiné de son cœur.

– Comment va Doris ? Je ne l'ai pas revue depuis les Fêtes, demandai-je sur un ton badin.

C'est la jeune fille qui m'a remplacée au magasin afin qu'Alberte puisse reprendre son travail au bureau de poste.

Alberte ne veut pas converser. Alors, je m'assois près d'elle et doucement, je pose mes mains sur les siennes. Elle me regarde curieusement et sourit.

– C'est drôle de me demander ça. Fernand Guérin lui tient compagnie le matin au magasin. Il rôde autour d'elle. Je crois qu'elle l'intéresse... Oh! Elle va très bien!... C'est plutôt ton ami Fernand qui me trouble... Tu vas le perdre, ton ami... ton cavalier, peut-être!

Ça, c'est une révélation inattendue. Fernand tente d'oublier son chagrin d'amour. Je riposte sur un ton agressif : « Et il n'est pas mon cavalier, rien qu'un ami. » Soudain, j'éprouve un pincement au cœur. Il est vrai que, depuis deux mois, je ne l'ai pas revu. Il me manque parfois, comme ce soir, dans la pénombre de ce salon intime.

Je me contente de répliquer par une phrase vague, plus vague encore quand je lui annonce :

– Rémi Nantel m'a demandé de l'accompagner au carnaval de Val d'Or, dimanche prochain.

Et, comme mécontente, Alberte me répond : «Tu n'as pas perdu de temps à le conquérir, celui-là. »

Je suis médusée par son attitude. Je ne crois pas qu'elle soit méchante, mais simplement désenchantée par sa propre décision.

– Oui, et j'ai accepté. Il est temps que nous nous connaissions à fond. Il est vraiment gentil mais, comme tous les garçons gâtés par les parents, il prend pour acquis tout ce qu'il désire.

Nous n'en discutons pas davantage. Par contre, il y a une idée qui me chiffonne. Cette fois, je veux en parler avec Alberte et en avoir le cœur net.

– Tu ne m'as jamais révélé le contenu de la lettre de Roger Quesnel. J'ai le droit de savoir ; après tout, je suis ta cousine et ta seule amie. Je t'ai soutenue dans ta faiblesse. Il est temps d'en finir avec ça, ne le penses-tu pas ?

J'ai touché le point sensible. C'est ignoble de ma part, mais il faut que la plaie se vide. Alberte referme le clavier, se lève et s'approche de moi. Elle acquiesce de la tête et, en baissant la voix, elle me dit : « Allons dans ta chambre pour en parler. Les parents sont sûrement couchés, mais ils peuvent entendre quand même. »

Elle prend place dans la berceuse. Une faible lumière éclaire la chambre. Je m'assois sur le coffre, au pied du lit, droite, attentive et prête aux confidences. Alberte, résignée, fouille la poche de sa robe et me tend la lettre. Réticente, je ne veux pas la lire. J'aime mieux qu'elle en décrive le contenu.

– La lettre de Roger Quesnel est un acte de repentir. Pas longue mais déchirante. Il ne savait pas que j'étais enceinte, alors, il ne connaît pas la gravité de ma perte. Il ne savait pas que j'étais dans l'auto ce soir-là... Il ne voulait pas tuer Eric non plus ! Aujourd'hui, il subit une peine de cinq ans, dans un pénitencier... Je ne lui pardonnerai jamais !

– Tu ne lui as pas répondu ?

– Non. Je n'ai rien à lui dire. Déjà, je sortais avec lui, quelquefois. Quand j'ai rencontré Eric Saunders, j'ai cessé de le voir. Il insista. Inutile, j'étais amoureuse et ça, pour le reste de ma vie...

Des larmes coulent sur ses joues, mais elle n'a pas de sanglots ; elle me regarde avec un reste de méfiance.

– Tu ne m'approuves pas, me dit-elle.

Je baisse les yeux, effrayée par son regard rempli de haine. Et pourtant, au fond de moi-même, j'hésite. Je ne peux pas la laisser s'engouffrer dans une rancœur perpétuelle. Roger Quesnel paie pour sa faute et, en prison, en réclusion, sa conscience ne cessera jamais de le hanter.

Elle me regarde, inquiète peut-être. Je n'ose pas aborder le sujet de la pénitence. Le temps arrange bien les choses. Il y a un autre point et, cette fois, j'interviens sans merci.

– As-tu dit à tes parents que tu étais enceinte d'Eric, lors de ton accident ?

– Non. Je ne me sens pas la force de leur faire de la peine à ce point-là. J'aurais dû, mais avec la maladie de papa et l'anxiété de maman, je n'ai pas le cœur à tout raconter.

– Alors, tu as l'intention de leur cacher ça, un fait aussi important! Ma pauvre Alberte, tu risques de les faire mourir de peine. Tu leur fais du mal en ne leur disant rien.

Elle est sur ses gardes. Elle s'affole au moindre effort qui l'oblige à prendre une décision. Tout de même, le moment est venu, qu'elle le veuille ou non : il faut en finir avec sa tourmente. Elle se lève lentement, indiquant qu'elle se soumet. Évidemment, ses paroles lentes, mais convaincantes m'obligent à la croire.

– Je dois passer une semaine à Amos. De là, je leur écrirai. C'est la plus affligeante décision à prendre. Je leur raconterai tout, du commencement à la fin. Dans ce milieu, avec l'aide spirituelle, mes sentiments pour eux se dévoileront facilement... Rassure-toi, Odile, j'entends bien me faire pardonner... Ensuite, je verrai...

Une tristesse s'empare de moi. Dans mon for intérieur, Alberte me quitte déjà pour le cloître. Son amitié est le seul lien qui me retient dans cette maison. Je doute que ses parents me pardonneront de leur avoir caché la vérité !

Une neige fine, agaçante, tombe légèrement. *La Grand-Rue*, redevient, une autre fois, blanchie et glacée.

Une couche de neige trempée de saleté recouvre les trottoirs, ce qui rend la marche désagréable.

Il faut se réjouir. Le temps du carnaval s'annonce fulgurant et intéressant pour les gens qui participent aux sports d'hiver. Un dernier essor que l'hiver nous emmène avant de s'éclipser pour une autre année.

Je suis emballée et heureuse à la fois. Aujourd'hui, dimanche, Rémi Nantel me demande de l'accompagner au carnaval de Val d'Or. Un autre couple se joint à nous. Son père lui prête sa voiture, car une distance de vingt milles nous sépare de l'endroit où des activités sportives sont à l'affiche.

Tante Yvonne est dans tous ses états. Au début, elle ne voyait pas nos fréquentations d'un bon œil. Maintenant, elle se soumet. Pour elle, Rémi Nantel est un bon parti. Oncle Georges ne fait aucun commentaire. D'ailleurs, il contrarie rarement sa femme.

Nous sommes sortis plusieurs fois ensemble. Rémi est libre les fins de semaine. Son travail de camionneur lui donne du prestige auprès des jeunes gens. La responsabilité de conduire un gros camion sur une distance de 400 milles le gonfle d'orgueil. On lui pose un tas de questions auxquelles il répond à sa façon. Ils sont curieux et le considèrent comme un garçon chanceux et favorisé. En somme, il est admiré de tout le monde.

Je suis devenue sa blonde. Un plaisir qui me grise et m'exalte à la fois. Rémi est gentil et séduisant. Son charme me captive : je crois que je suis amoureuse de lui.

Le couple qui nous accompagne dans cette randonnée demeure dans une localité voisine. Je ne les connais pas. Ils sont affables et réservés ; en somme, ils ne sont pas embêtants.

La route qui mène à Val d'Or est carrossable, entretenue et, en ce dimanche achalandé, le carnaval attire les gens de plusieurs endroits environnants.

Rémi conduit prudemment. Il me taquine. Pour lui, je suis une jeune fille qui n'a pas quitté notre petite ville depuis son arrivée. C'est juste ; alors, il en profite pour élaborer des observations fulgurantes qui me frappent vivement. Attentive, je l'écoute. De plus en plus, je constate que j'ignore les diverses coutumes de la région.

Il y a une foule qui trépigne d'enthousiasme. Les hôtels sont remplis de visiteurs avides de s'amuser follement. Au programme, une course de chiens, parcourant un trajet d'environ cinq milles, de l'île Sisco à Val d'Or, suscite des gageures de toute part.

La parade comprend des charrettes garnies de décorations, exposant les différents aspects de la région.

Et, dans un décor éblouissant, sur un chariot orné de sapins et de guirlandes lumineuses, apparaît la reine du carnaval.

La jeune fille, jolie et souriante, est enveloppée d'une fourrure blanche. Un diadème étincelant, posé sur sa tête bouclée, rehausse le décor féerique. Le spectacle est grandiose. La neige folâtre, perlée, se dépose sur ses plus beaux atours, ajoutant ainsi un aspect théâtral au carnaval.

La soirée se poursuit à l'hôtel. Nous sommes encerclés de gens trinquant joyeusement. Emballés par l'ambiance réjouissante de la fête, ils se dispersent en quête de distractions nouvelles.

Je suis une tout autre jeune fille ; c'est probablement dû au plaisir que j'éprouve en ce moment. Rémi se penche vers moi, prend ma main et m'entraîne vers l'escalier de l'hôtel.

– J'veux être seul avec toi. J'ai réservé une chambre... Là, nous serons plus à l'aise, murmure-t-il à mon oreille.

La pièce est pleine de chaleur, éloignée de tous bruits. Par la fenêtre, un cercle régulier de lumières blanches se dessine au loin. Je suis transie par l'émotion, incapable d'articuler une parole. Un frisson me secoue, comme une sensation d'un bonheur pénétrant, inconnu jusqu'ici.

Rémi enlève mon manteau, mes bottes et m'indique un fauteuil. Il se penche vers moi, m'embrasse délicatement, avec une aisance qui m'intrigue.

– Nous allons célébrer le carnaval. Oh, ne pense pas que j'veux profiter de toi. Non, au contraire, je t'aime trop pour ça. Et tu sais, je n'oserais pas mentir non plus.

Me mentir, que veut-il dire? D'un geste rapide, il s'assoit à mes pieds, m'offrant un verre de vin. Il acquiesce de la tête, tout en frappant son verre contre le mien.

– V'là, nous saluons le carnaval, la reine et tous les sports. En plus, je suis tellement heureux de t'avoir avec moi, sans personne d'autre autour.

Je le regarde, embarrassée, sans trop comprendre ce qu'il veut expliquer quand, tout à coup, il sort de son porte-monnaie une photographie d'une jeune fille blonde, jolie, aux yeux rieurs, d'un temps passé.

– Tu vois ce portrait; eh bien, v'là ce que j'en fais. Je le déchire et ensuite je le brûle.

Je m'exclame, étonnée par son geste. Je ne peux pas imaginer de quoi il s'agit.

– On t'a parlé de cette femme et de moi. Oui, le comptable de la banque te l'a mentionnée, j'en suis sûr. Tout ça, c'est du passé; il n'y a plus rien entre nous...

J'ai commis une bêtise, je m'en repens... Odile, me crois-tu ?

– Je ne te connais pas tellement, lui dis-je. Tu possèdes un charme irrésistible à rendre les filles folles de toi.

J'essaie de le comprendre. Sa déclaration inusitée m'inquiète. Je ne peux le juger, simplement le rassurer et le consoler.

Sa tête repose sur mes genoux. Doucement, je caresse ses cheveux. Ses yeux se ferment et sa bouche s'ouvre au contact de ma main.

Mon cœur bat très vite, j'en suis consciente. Je suis heureuse de montrer ainsi que je le crois. Soudain, sa tête se lève précipitamment, comme un ressort; il me déclare :

– La première fois que je t'ai vue, au magasin, je savais que tu étais une jeune fille spéciale, pas comme les autres. Et des fois, j'inventais des raisons pour te revoir. À la longue, on aurait dit que tu prenais de l'importance. J'ai cessé d'aller à l'hôtel. La mère en était surprise. C'est comme ça que je suis devenu un gars qui prend ses responsabilités. J'ai demandé au père de conduire un « semi-trailer » au loin... Odile, je t'aime tellement, tu sais...

Sa révélation me remplit d'une émotion si troublante que je ne peux exprimer mon amour pour lui. Son regard bleu, insistant, me transperce jusque dans l'âme. Tendrement, il m'attire à lui. Nous sommes poussés dans une étreinte qui se comble au moment de l'extase. Il m'embrasse, me serre dans ses bras. Volontairement, je m'y glisse, grisée par des désirs charnels.

Nous continuons de nous aimer, passionnément. La chambre, dans la pénombre, étrange, se fait complice de notre amour. Cessant momentanément ses caresses, il me demande de nous fiancer... le plus tôt possible. « À Pâques, et nous nous marierons en mai. » Il me parle d'une voix feutrée comme s'il s'agissait d'un grand secret.

Je l'entends à peine, envahie par une joie délirante. De toute ma vie, je n'ai connu un sentiment aussi pénétrant et d'une douceur aussi profonde.

Le retour s'effectue dans un silence amoureux. L'autre couple qui a pris place sur la banquette arrière, raconte ses activités de la journée. Nous, on se contente de se regarder, de se serrer la main. Une période de joies intenses qui s'amorce : une vie à deux, prometteuse et durable.

Tante Yvonne et oncle Georges vaquent à leurs occupations matinales. On dirait que le moindre objet, le tisonnier, la vaisselle, jusqu'au balai ont une importance pour moi. Je pousse un soupir de soulagement. Le moment de dévoiler le grand secret est arrivé.

– J'ai quelque chose à vous annoncer. Rémi Nantel m'a demandée en mariage, hier, au carnaval. Inutile de vous dire que j'étais émue... J'ai accepté. Je l'aime...

Tante Yvonne échappe l'assiette qu'elle tenait entre les mains. Oncle Georges referme, avec fracas, le rond du poêle.

– Tu n'es pas sérieuse, crie tante Yvonne, interloquée par ma nouvelle.

Elle me regarde, stupéfaite, n'en croyant pas ses oreilles.

Alberte sort de sa chambre, se précipite vers moi et m'embrasse.

– Je suis heureuse pour toi. Je savais bien que tout ça finirait par un mariage. Rémi est un bon garçon, après tout.

Un matin différent des matins précédents. Une lueur d'espoir apparaît, malgré les événements qui ont traversé notre existence. Nous sommes une famille liée par une tendresse familiale qui nous donne la force de surmonter les pires catastrophes.

La Grand-Rue s'embellit à la venue du printemps. Déjà, il se dégage un air d'allégresse, de renouveau, qui incite les gens à sortir de leur maison.

Ici, la famille est enjouée et se prépare aux fiançailles. Le curé est invité, les parents de Rémi et quelques amis. Fernand Guérin ne tient pas à être présent. Il a demandé à la banque à être transféré. Dans un entretien, il m'a avoué son amour. Étrange, cela ne devait pas se produire.

Mes parents, éloignés, ont accepté de me laisser vivre dans cette région de l'Abitibi, qui n'était guère leur choix. Ma mère m'écrit :

« J'avais un pressentiment que tu ne reviendrais pas. » Vrai. La Providence en a décidé autrement. En outre, je suis persuadée d'y faire mon avenir auprès du garçon que j'aime.

Mon poste de secrétaire devient vacant. Ma patronne doute que je sois utile dans son bureau d'affaires. Elle me préfère à côté de son fils. Elle espère des petits-enfants à choyer.

L'avenir se présente, non pas comme un conte de fées, mais comme un parcours d'événements imprévisibles. Dans cette petite ville minière, où tout est possible, le travail et le courage vont de pair.

La Grand-Rue devient mon lieu de résidence. Les années prochaines s'enchaîneront, et une partie de ma vie y laissera un souvenir.

- Cap-Saint-Ignace
- Sainte-Marie (Beauce)
Québec, Canada
1997